寂寞寂寞不好

我為你押韻 — 情歌 Revival

不如這樣吧 Blue John
———— 2015 寂寞爆炸版

DEAR GOD

神農氏

馮勃棣劇本集

轉筆人生小總結
──力推 Birdy 第一部劇作集　◎紀蔚然

　　還沒見到馮勃棣之前，先是讀過他的劇本，當時覺得這傢伙有才，比科班出身的同輩更具戲劇的敏感，尤其駕馭文字的功夫實屬罕見。後來在上課的場合以及課外接觸，我從他不斷滑溜的眼珠以及瞬息數變的臉神察覺，這小子應是神經質，再看他右手不斷的轉筆，從拇指翻轉到小指反覆來回從未失誤，才驚覺我在面對一個躁動且有強迫症的靈魂。這樣的靈魂，當時直覺這麼想，將來可能有三種下場：一，是因自我中心、不懂人情世故而不見容於這個講究合群的社會，即俗稱的「爛人」；二，是成為社會勉強容忍但無法接納的「低能持才者」（idiot savant），雖聰明絕頂卻少了某根倫理的筋；三，是自我克服社會所謂的心理障礙而成就為傑出的作家。這篇推薦序言不是要說 Birdy 走對了，選擇了一般認可的第三條路徑，反而它從來不是三選一的問題，而是三合一。Birdy 之後的發展，就和我所知的很多作家一樣，就是在堅守與否定自我的折衝之間，在我行我素與社會規範的磨擦之間，暫時找到了恐怖的平衡（不但自己尚未發瘋且世界還沒毀滅），並在犯錯與摸索的過程裡看見了昇華的光，也同時見證了沉淪的暗；最後終於感悟，在時起時落之間，人性或存在永遠是未定之數。

這部劇集關乎昇華與沉淪，尤其是兩者交融難解難分時的未定之數。前兩部，《我為你押韻──情歌》與《不如這樣吧Blue John》，看似遊戲之作，彷彿只是一場搬弄文字的炫技，其實承載著深沉的嘆息與渴望。請容我岔題，從比較的角度談談馮勃棣以及他們這一代。我所屬的世代（皆六十多歲矣）年輕時拒絕大眾文化，拒看電視，拒聽流行歌曲。當時的「文青」大半不在時髦的咖啡館擺譜，而是躲在沒人見著的角落一知半解地啃讀原文生硬、譯文更是拗口的叔本華，雖味如嚼蠟，也多少嚼出存在的苦澀；他們討厭青山、謝雷、群星會，對於盜版的美國搖滾樂卻飢渴般地追聽，其中的嬉皮文化、反戰精神、自由主義、個人色彩更令他們向而往之。時過境遷，解嚴後的大眾文化不再像以前那麼蒼白，不但色彩繽紛而且風格上與地域上的fusion更造成奇花異卉的盛況（唯一沒變的大概是電視綜藝節目，五十年如一日，白癡一如往昔）。從馮勃棣的作品不難看出大眾文化（主流與次文化）對他的影響，作者一方面優游其間，從中獲得慰藉、麻痺、釋放，另一方面卻質疑它的侷限，於是創作成為他的出口，以俗濫為素材找尋昇華的可能。

　　《我為你押韻──情歌》描述一個找不到韻腳就想死的男人。人生不該只是一篇散文，若為散文則不宜押韻：如果我沒記錯，散文家思果曾說，在散文裡押韻頓時讓基調顯得輕浮做作。有張力的人生彷彿飽含詩意的一首歌，因此押韻必不可少。對這個沒有押韻會死的男子而言，押韻是存在的動力，是讓存在提昇至另一層次的方式，因此當他找不到韻腳，存在便出了問題。然而，這部劇作不只提供在日常俗濫裡蒸餾出詩意的生存之道，且進一步質疑：當押

韻不再只是手段而成為目的時，詩意恐因強迫症使然而變得俗濫了。情歌訴說的不外是墮入愛情或失去愛情帶來的張力，押韻怎能缺席，然而有些情歌媚俗而矯情，有些則因帶著翅膀的韻腳而飛了起來，放諸四海。劇中，這名男子是個作家，他的作品需要詩意，他的人生也在追求詩意。有趣的是，在現實生活裡他找到了愛情，找回了韻腳；但是他筆下的虛構世界，卻有無數對男女總是在找到愛情的高潮之後患了急速冷卻的不適症：情之所至，幻滅隨來，不禁懷疑所謂昇華其實是俗濫的開端。如此虛實並呈，悲喜辯證，呈現了關於欲望的弔詭：俗濫與昇華乃一體兩面，而所謂心之所欲永遠是得到便已消失的朦朧之物。唯有如此，人類不絕，情歌不死。

《不如這樣吧 Blue John》以脫口秀和搖滾歌唱的形式，述說一個痛恨陳腔濫調的女子安安。安安追求「即興」所代表的自由，也渴望愛情，但因無法忍受情人之間的腦殘情話，只好選擇忍受寂寞。直到有一天，安安愛上了口吃的 John（這樣）。近乎失語的 John 只能靠薩克斯風來表達情感，和滿嘴腐言濫語、集庸俗之大成的酒吧老闆翔哥成強烈對比。安安陶醉於非語言交流的神秘感，John 卻因苦於無法充分表達情感而決定求醫。結果，治癒的 John 滔滔不絕，成了另一個翔哥，因此而失去了安安的愛。發展至此，劇情卻直轉急下，原來安安只是 John 的「陰謀」裡的虛構人物，她的「即興」是早已寫定的腳本；原來 John 可以是個很賤的男人，也可以是「基因、體制、國籍、膚色、性別、星座、血型、或是 …… 童年。」正如《我為你押韻——情歌》玩味俗濫與昇華之間的拉拒，這個劇本演繹命定與自由、俗套與創新之間的辯證。不過，就整體效果而言，

《不如這樣吧 Blue John》不如《我爲你押韻——情歌》；前者的語言遊戲也不如後者那麼渾然天成、機鋒處處。

　　《Dear God》應是截至目前 Birdy 最成熟的作品，不只因爲作者不再聚焦於自身的困境而將關照的視野移轉到外在社會，更因爲作者終於克制了「後設的衝動」，大方地呈現了人物的眞實情感，例如喪女之痛、與上一代無法溝通的愛憎情結、面對失智老人的無助、因寂寞虛無而來的殘暴、因正義不得伸張的憤怒。劇中有三個角色（A、B、C）沒有明顯的社會身分，是馮勃棣筆下常見的「每個人」（Everyman），既是之前兩部劇作的殘留人物，也即將延伸爲《神農氏》裡的主要角色。這三人被困在透明的牢籠裡，依賴各種藥物來解決憂鬱、恐慌、焦慮、躁動等病徵；等我們更進一步了解時，才發現原來困住他們的牢籠不是文明本身，而是那些他們賴以舒緩文明病的處方。他們所謂的逃逸其實是不願再面對存在的壓力。然而來到臨界點，A 決定一頭栽進忘憂鄉時，B 和 C 卻及時煞車，呈現了本劇的重要轉折。在這勇敢的決定之後，兩人找到了愛情，也成爲撫慰他人苦痛的媒介。這部劇作雖名爲「親愛的上帝」，但上帝未曾出現。B 形容海嘯肆虐（「它捲走了車輛，帶來了大火。它像強盜一樣入侵，像小偷一樣退去」）時，讓人覺得上帝並不存在，且自然的極端漠然彷彿帶著恨意。然而，隨著人物後來的遭遇，尤其是原本毫不相干的人們透過善意而取得連結時，上帝儼然隱身於意外人生裡的「類奇蹟」之中，好似上帝從未發聲，但所有約伯的詰問都已獲得解答。和之前兩部劇作一樣，這齣戲的語言生動而具馮氏風格；不同的是，這裡的語言被賦予了重量，也使得人物的痛

苦與困境顯得深刻動人。

　　若說《Dear God》最為成熟，那麼最後一部《神農氏》則是馮勃棣作品裡最複雜、藝術性最高的劇作。劇中，神農氏是個「藥王」，但他和傳說裡為了治病而百嚐各種毒草的神農不同，是名符其實嗑藥之王。我們在他身上看到各式各樣的文明病，而他的解決之道就是嗑藥，從止痛丸到百憂解，從鎮定劑到安非他命，彷彿文明本身是個藥罐子。本劇故事曲折離奇，前半段的神農氏是個心理醫師，有個美麗的妻子叫 Sarah，有個沒事喜歡自戕的病人叫肯恩：如此的安排，讓人不難聯想 Sarah Kane 的 4.48 Psychosis，一齣探討臨床抑鬱症的劇作。然而到了後半段，經過妻子的揭露，神農氏方知原來他才是病人，而且還殺死了他的心理醫師肯恩。神農氏疑神疑鬼，總覺得妻子在他背後和別人惡搞，後來證實確有此事，但並不代表他沒病，正如拉岡所說，一個有妄想症的男人懷疑妻子紅杏出牆，即便其妻果真不軌，並不意味他沒妄想症。整齣戲就在反覆無常、虛實莫辨的氛圍下展開，使得主題更加曖昧不明。

　　不過，幾個重要的符號倒是提供了我們詮釋的線索：不斷增加的植栽、雪白的馬桶、後來出現的非洲土著，以及神農氏念茲在茲的熊玩偶。這是一個關於文明出了毛病的故事，它的毛病源自於矛盾：即便人類再進步，以雪白的馬桶沖掉污穢的事物，人類仍然置身於叢林之中，並將非洲土著想像成力比多的化身。神農氏的墜落始於遇到熊玩偶那一刻，也是文明誕生的那一刻。神農氏小時候生活在一個「斜」的世界，「房間裡面都是煙霧和慘叫聲」。有一天，

某人的打火機掉在地上，要神農氏幫忙撿起，當他彎腰時一隻毛茸茸的熊朝他伸手，在熊的背後神農氏看到「天花板不停地升高、升高、升高，忽然刷地一下子變成美麗的銀河，天空變成萬花筒。」自此，神農氏的眼界開了，而他彎腰撿打火機而遇到熊玩偶，猶如普羅米修斯不顧宙斯的禁止，幫人類偷取了火：文明於焉誕生，人類因此獲得智慧、拓展視野，但隨之而來是宙斯的詛咒，以及從潘朵拉盒跑出的各種苦難。據此，神農氏的「嗑藥」宛如浮士德的豪賭，在尋找昇華的過程裡歷經了沉淪。不幸的是，在他幻滅的狀態下，竟將熊玩偶的美意曲解為「大開殺戒」的指令。《神農氏》裡的世界是斜的，因為文明在創造與破壞之間找不到平衡，觀眾只有在劇終熊玩偶「愛殺」（mercy killing）神農氏之後才得到喘息和洗滌的機會。

九年之間，從《我為你押韻——情歌》到《神農氏》改變不可謂不大，也因如此，我無法預測馮勃棣下個階段會怎麼走。Birdy 已經起飛，將飛往何處乃未定之數，只能在此祝福他持續轉筆，轉出更多的花朵，正如熊對神農氏的揭示，「天花板不停地升高、升高、升高，忽然刷地一下子變成美麗的銀河，天空變成萬花筒。」

自序　還是會寂寞如果沒有你們

不要隨便終結孤單，除非你已經學會了終結愛情。

寫一個劇本像是進入一段關係，談一段戀愛，情人間難免相愛相殺但終究會走進彼此靈魂的深處，那裡有泉源、有幽谷，那裡有星空、有火磺，我們會一起看世界、一起看自己，然後我們會一起發現，噢，原來生命是這樣。

生命的秘密遠比我大，也遠比語言大，其奧妙深邃難以論述之，於是說故事、寫劇本，用旁敲側擊的、用以小觀大的、用隱喻與詩意的、用節奏與押韻的，為了寫劇本，我除了不斷探究人生外，也熱衷於研發許多「技術」，對我來說炫技實屬我生命的必須，因為太多苦悶了，技術是一個讓我宣洩的出口；當我韻腳連發，我感覺爽；當我找到一個彼此呼應與巧妙對仗的結構時，我感到了人生的圓滿。

劇本不需要我，我需要劇本。世界不需要我，我需要世界，不然我要在哪裡存在，靈魂要在哪裡落地呢？

寫這四個劇本共橫跨了我九年的人生，劇本風格與內容主題顯然分為兩個明顯的階段，亦是我在人生心境下有意識的改變與嘗試。其四個作品不論是寫作策略、語言使用、關懷主題、劇場美學等，

都試圖做出區隔，但對我個人而言，在出版此書而重新梳理和部分重寫劇本段落時，時光不斷地在我腦中順流逆流閃現出許多愛痛美醜的瞬間，召喚出許多我以為忘了的，但其實悄悄已於心底落地生根的記憶化石，更在重新整理時屢屢發出驚呼：噢，原來我曾以這種姿態活過，原來我一直到了現在還是一樣。

前兩部作品《我為你押韻——情歌》（本書是收錄 Revival 版本）和《不如這樣吧 Blue John》（本書是收錄 2015 寂寞爆炸版）我寫情寫愛，寫執迷不悔與瀟灑未遂，從自身出發，擦乾眼淚之後承諾自己不再哭；收錄的後兩部《Dear God》和《神農氏》我轉眼望向世界，探究人與神的關係，並其如何令我反思生命中的罪行與苦難，乃至個人靈魂的絕望墜落。

九年是段不算短的時間，讓我看到自己衰老的軌跡，可惜的是我老的總是比成長的快，難怪每一天都是新的重蹈覆轍。強迫拉著我前進的是世界上的物換星移，許多曾經靠近過的，現在都遠離了；曾經很多認為與己無關的人事物，都在靠近中了；有些夢想變成了現實，有些現實變成了回憶；有些壯漢變成了病人，有些病人變成了灰燼；有些錯別字變成了正確的字，有些正確的字我卻再也寫不出來了。

回首望去，無論是搞笑幽默的療傷輕喜劇或鮮血淋漓的靈魂黑夜，我寫的一切主題，都是關於存在。而創作成為我抵禦死亡、確認個體存在的路徑，所以我只能宛如被制約命定般地一直寫，一直寫，一直寫。

不寫我會消失。

有趣的是這條一直寫的路徑也是在潛移默化的。以前我以爲抽菸才能創作，我努力證明不用，後來我成功了；以前我以爲熬夜才能創作，我努力證明不用，後來我成功了；以前我以爲寂寞才能創作，我努力證明不用，後來我成功了，並在創作完成的當下發現了一件事……

還是會寂寞。

慶幸的是，每當有作品發表，受惠於社交媒體的發達，總是有許多觀眾能夠找到我的帳號而傳訊給我，說著他們在分手的情傷後找到勇氣了、說著他們也有藥物的困擾覺得被同理與擁抱了、說我幫他們把心底說不出的感覺給說出來了、說我幫他們宣洩了恨意與幹意後而好像稍稍釋懷了……，這些都是我最暖心的時光，我慶幸我的大眾與通俗，讓我得以與許多地球上的人們交流，彼此療癒。

我沒做什麼，是我被大家陪伴了。

我於 2017 年寫的《神農氏》應當是我最陰冷黑暗的劇本，它如實地記錄了某段生命的殘暴，相比前面幾齣作品或多或少給出的療癒與暖意，這齣戲沒有給出光明，不是我不相信，而是我寫的時候還看不到罷了。

但這戲不是在我生命谷底時寫的，反而是我在變好與上揚時寫

的。下墜時還寫不出谷底，而是要在上揚時回首，才知道谷底有多深。

　　寫完《神農氏》的半年後，我活力四射，有次夜裡去醫院探望一名病人，他無法睜眼看我，用各種儀器維持生命，安靜的病房是個超現實場域，你看到那些物質與科學儀器如何守住靈魂不要散去，你看到當年因激情而來的生命如煙而逝，看到這個地球在恐龍與末日之間竟然存在過我們，而我們卻花了大部分光陰去傷害與犯錯。那一夜的病房中，我對神唯一的禱詞只有一句：「拜託祢是真的」。唯有如此，我才能勇敢去活，並在生命將盡時看見最美的事，原來恨那麼小，愛那麼大。

　　這四個劇本，盼望能成為一些靈魂的棲身之所。如果生命已經痛了，我希望痛得有價值。我希望病與痛的結晶若有光亮，能被更多人看到，能照亮一些角落，讓你們同理我，也讓我同理你們。

　　謝謝你們在我創作的終點那頭等著我緩緩走過去，我走得不快，我走得很慢，但是……

　　但是現在，我到了，站在你們的面前。

　　你好，我叫馮勃棣，你呢？怎麼稱呼？準備好了嗎？

　　數到三，我們一起往下跳。

　　不會有事的。

我爲你押韻
──情歌（Revival 版）

人物

其它女性角色：

主要角色：

柏翔──30 歲，男。　　春嬌

維英──22 歲，女。　　茱麗葉

茱麗葉眾分身

其它男性角色：　　DJ

志明　　　　　　　　老闆 B

羅密歐　　　　　　　小師妹

廣播聽眾（大貂）　　分手的人

老闆 A

大師兄

分手的人

舞台

自行揮發

更正

自行發揮

第 1 場　全世界都在尖叫

（舞台有兩個區塊，柏翔在佈置成民宿的空間。）

（柏翔點起了一根菸，吸了一口後將菸放於菸灰缸上，而後緩緩走到另外一個空間，留下菸在原本的空間繼續燃燒。）

柏翔：那天，我真的以為那會是我人生的最後一根菸。好久以來，我用抽菸來製造煙霧瀰漫的場景，在這樣的場景中我麻醉我自己並對自己說，有天我會清醒，有天我會戒菸，有天我會爬出這口深深的井，但那晚發現一切都不可行了。世界怎麼會變成這個樣子？我看著那根菸慢慢燃燒，我走進了房間，拿起一把水果刀，嘗試要把自己給剖開。這真的很心痛，那些浪漫的話真的常在我心中滋長著，我很想對浪漫這兩個字罵句髒話，但我沒有力氣了。那一晚，我點了根菸忘記去抽它，以後再也沒有菸抽了。我拿著水果刀，走進了浴室。

（維英走進了香菸在燃燒的空間。）

維英：先生先生，你 check out 的時間到了喔，剛剛打來沒人接，你

門又沒鎖，我就直接進來了。你在廁所喔？好吧，但你幹嘛點了一根菸然後不抽啊？莫名其妙。

（維英把菸拿來吸了一口。）
（接下來的對話，維英是面對浴室的方向講，而柏翔在另外一個空間，有時對觀眾，有時對自己，有時對維英的空間對話。但他無法看見維英，對維英的話，他只能用聽的。）

柏翔：我不喜歡別人抽我的菸。

維英：噢，好濃的菸喔，我下次一定要介紹日本的涼菸給你。

柏翔：喔？什麼菸？

維英：日本涼菸抽起來沒什麼焦油味，而且全身都會涼涼的。

柏翔：聽起來不錯。

維英：我都喜歡在泡溫泉時抽涼菸。

柏翔：聽起來不錯。我是說，這女孩的聲音不錯。

維英：我愛死了那種外熱內冷的感覺。

柏翔：我現在覺得身體好冷。

維英：全身血液都在流竄。

柏翔：我的血是不是快流乾了？

維英：那種時候，我會特別清醒。

柏翔：我那時候的意識已經開始模糊了。

維英：你想要抽抽看我的菸，就現在出來 check out。

柏翔：沒辦法，因為我的人生就要 check out 了。

維英：你是在大便嗎？

柏翔：你講話可以再粗俗一點。

維英：我大膽假設你便秘了，而且還在便秘時聽耳機。

柏翔：這是個笑話嗎？

維英：不要偷笑。

柏翔：沒有人可以知道我心裡在想什麼。

維英：不要以為我不知道你在想什麼。

柏翔：哇靠。

維英：我可以等等你，因為我覺得你長得滿好看的。

（維英看到桌上有一個筆電，去把它打開來看了看。）

柏翔：她看過我？她是誰？聽起來不像是老闆娘啊。

維英：「故事要結束了，一年五個月……」。

柏翔：她在幹嘛？

維英：你失戀了喔？

柏翔：她在偷看我的電腦！

維英：（再動一下電腦）等下，你是個編劇喔？

柏翔：也發現太快了吧！她會速讀嗎？

維英：你竟然是個編劇？你這公害，快給我出來！

柏翔：什麼跟什麼啊？

維英：一堆色情暴力撞飛失憶和癌症！

柏翔：那不關我的事啦。

維英：我要把你的電腦拿走。

柏翔：拿去吧，有些稿子你會喜歡的。

寂寞寂寞不好

維英：你們寫的戲實在是很俗爛。

柏翔：我不俗爛。

維英：例如失戀的人就一定想自殺。

柏翔：好吧，我很俗爛。

維英：我受不了了，我要進去了。

柏翔：這不是我常跟女人講的話嗎？

維英：我要進去囉。

柏翔：快進來吧，死前我想看你一眼。

維英：我想你需要和我聊聊。

柏翔：沒辦法了，抱歉。

維英：我數到一百你就給我出來。

柏翔：拜託，別再搞我了。

維英：九八。

柏翔：我忽然很想看她一眼。

維英：九九。

柏翔：不要進來，我現在的樣子很醜。

維英：一百。

柏翔：不要進來，我現在醜爆了。

（維英進去浴室，看到柏翔半死狀態而尖叫。）

柏翔：我希望死前有人能對我說他愛我，我不希望死前聽到的是尖叫。

（女孩繼續尖叫。）

柏翔：全世界都在尖叫，我選擇安靜。是我太自戀嗎？總覺得這個女孩的尖叫聲讓我覺得……她在乎我。我記得我說「我希望死前能有人說他愛我，而不是在死前聽到尖叫。」那是我陷入昏迷前的最後一個禱告，我只是希望耳根清靜點。很巧的，上帝聽到了這個禱告，那個奇怪的女服務生尖叫了，但是，我沒死。

寂寞寂寞不好

第 2 場 我想和你說說話

（咖啡店，有其他桌的客人。）

維英：那天我的心情像是大太陽，沒想到你卻讓我整個嚇傻。沒看過這種可怕的畫面。而且我還穿了我全白的 T shirt，現在它沾上了你的血，我想了很久，想和你要求一些賠償，完全合理。

柏翔：這當然，我給你錢。

維英：我沒說我要錢啊。

柏翔：那你要的賠償是？

維英：我把你的電腦帶走了，然後我發現，我想認識你。

（頓。）

柏翔：我沒什麼好認識的。

維英：不，你竟然是個編劇！

柏翔：有什麼好驚訝的？

維英：我想和你聊天，你一定超好聊。

柏翔：我很無聊。

維英：編劇肯定話超多。

柏翔：編劇只會跟自己講話。

維英：但你說過要賠償我。

柏翔：所以你到底是要……？

（頓。）

維英：我要你陪我聊天。

（頓。）

維英：你的筆電還在我這邊，別忘了。只要你陪我出來喝幾次咖啡，聊幾次天，讓我了解一下我救的到底是怎樣子的人，我就把筆電還你，合理嗎？你在我面前流了那麼多的血，我不想連你是誰都不知道。接著，你的人生我就再也不管了，你的人生就隨風去吧。過你自己的日子，當作沒遇見過我，如果你想那樣的話。

（頓。）

柏翔：我們根本不認識啊。

維英：我想知道接下來事情會怎麼發展。

柏翔：啥？

維英：是你說要賠償我的喔。

寂寞寂寞不好

柏翔：好，來吧。

維英：那我們要怎開始聊？

柏翔：我們已經開始聊了，不是嗎？

（頓。）

維英：OK，那就繼續吧。

柏翔：繼續什麼啊？

維英：繼續聊啊。

柏翔：喔，好吧，可是你都把聊天這件事情點破了，接下來要怎開始聊？

維英：就當這是個劇本呀，交給你了啦，反正我就擺爛，話題你想。

柏翔：What？！

（頓。）

柏翔：如果這是劇本，也要看類型，如果是舞台劇，我們要一直講話；如果是藝術片，我們可以不講話一直走路；如果是八點檔鄉土劇，你可能會愛上我然後發現是我妹妹；如果是美劇，我們可能已經……

維英：已經怎樣？

柏翔：沒事。

（頓。）

柏翔：拜託，一個不知名的女子遇見一個自殺的頹廢編劇，劇本能
　　　怎麼寫？他們一定得談戀愛啊！

維英：那我們需要嗎？

柏翔：不需要，謝謝。

（頓。）

柏翔：我是說，謝謝，謝謝你救了我。

維英：不謝。

（頓。）

維英：話停下來了。

柏翔：嗯？

維英：這些停頓是你刻意製造的吧？

柏翔：沒有。

維英：那怎麼會這樣，對話應該是你的強項啊。

柏翔：編劇只會跟自己說話。

維英：對話是你的職業。

柏翔：如果對話是我的職業，那詞窮就是我的職業病。

維英：我喜歡你寫的故事和文字。

柏翔：少來了，你又知道了？

維英：你的筆電還在我家喔。

柏翔：你看過了？

維英：當然呀。

柏翔：當然？

維英：每一個檔案喔。

柏翔：噢，天啊！

（頓。）

維英：你不要生氣嘛，我還有順便幫你掃毒。

柏翔：我有點介意別人看我電腦裡的檔案。

維英：還好我不介意你的介意。

柏翔：你看的都只是初稿。如果你覺得愚蠢或是莫名其妙，請相信
　　　我，那些都只是初稿，請忘了吧！

（頓。）

維英：耶，我賺到了！

柏翔：蛤？

維英：別生氣嘛，我在病房外面等你的時候真的很無聊，也讓我心
　　　慌，我真的不知道你到底是會死還是會活耶！所以我就無聊
　　　……帶點好奇，把你的電腦打開來看了。你知道嗎？當我看
　　　到你是個作家時超嗨的，我看著你的檔案在病房外一直笑，
　　　明明剛送來的人還生死不明，但我就一直笑。

柏翔：你在我的生死邊緣間——

維英：看著你的故事笑。

（頓。）

柏翔：噢，很好。

（頓。）

柏翔：不會是嘲笑吧？

維英：這樣吧，我含蓄點說。

柏翔：嗯。

維英：肯定有一點。

柏翔：我有感受到你的含蓄。

維英：你的作品很勇敢啊，你怎麼會躺在急診室呢？但我很努力讀它們，說不定冥冥之中你會感應到，有人看著你的作品，你應該爬起來。

（頓。）

柏翔：你是誰？那天怎麼會出現在我房間？

維英：我是民宿老闆娘的女兒，我叫維英。

柏翔：我叫柏翔，找天去你們家道個歉。

維英：不用回去了，我就代表我們家。

柏翔：謝謝。

維英：那你到底要不要說故事給我聽？

（頓。）

柏翔：你想聽什麼故事？

維英：我想知道你人生發生了什麼事，你自殺前在想什麼？

柏翔：全世界自殺的人都在想同一件事，叫做「想不開」。

維英：你愛的人離開了你？

柏翔：不是。

維英：你江郎才盡了？

柏翔：還好。

維英：你因病所困，痛不欲生？

柏翔：也沒。

維英：水喔。

柏翔：水？

維英：以上理由都平庸至極，你自殺的理由肯定充滿創意。

柏翔：或許吧，有創意，沒道理。

維英：那到底是為什麼？

（頓，柏翔明顯不想回答。）

維英：了解，你不想和我聊天。

柏翔：編劇只會和自己說話。

維英：歪理千條！你甚至連看我的時間都很短，是我長得太難看嗎？

柏翔：你很好看。

維英：在說我正喔？

柏翔：欸！

維英：開玩笑的啦，那為什麼不看我？

柏翔：因為……看你讓我很難堪。

（頓。）

柏翔：抱歉，如果我躲避你的目光造成你的不舒服，我很抱歉，那
　　　是因為──

維英：因為你不喜歡我。

（頓。）

柏翔：因為我們第一次見面時，我就是一個弱者，你完全見識了我
　　　的──

維英：軟弱。

柏翔：而且我很無助，完全沒有生存能力，一無是處就像是一個──

維英：廢物。

（頓。）

柏翔：身為一個編劇，最忌諱的就是結局被料到，台詞被命中，你
　　　的接話讓我──

維英：很受傷。

（頓。）

柏翔：你愛怎麼接就怎麼接吧。

維英：你只會和自己說話，我怕我不接話，你會結巴。

柏翔：你很怕對話停下來？

（較長的停頓，維英故意製造一小段尷尬。）
（場上出現了咳嗽聲、大力咀嚼聲、大力吞口水的聲音、放屁聲。）

維英：像這樣嗎？

柏翔：根據你剛剛接的話，我那天是一個很軟弱的廢物。

維英：那是我接你的話喔，我也很愛哭啊。

柏翔：我那天沒有哭。

維英：少來。

柏翔：我沒有哭。

維英：一定有。

柏翔：我沒有。

維英：到底有沒有？

（頓。）

柏翔：有。

維英：這又沒什麼，我聽情歌時也很容易哭。

柏翔：情歌？這個世界已經夠濫情了，你還去聽情歌幹嘛？世界需

要改變，不要老是愛來愛去的。

維英：愛很重要。

柏翔：這世界需要去情歌化。

維英：噢不，情歌可以召喚你。

柏翔：什麼鬼啊。

（頓，柏翔變得有點敏感。）

維英：會有一首歌能詮釋你的故事，會有一首歌，召喚你回到過去。

柏翔：不要去追求太氾濫的東西。事情應該是這樣，每個人心中都有幾句經典台詞。

維英：經典肯定會氾濫啊。

柏翔：噢，我寫的就不會。

維英：那是因為你不紅啊。

（頓。）

維英：抱歉。

柏翔：反正我討厭自己的戲裡出現情歌。大家唱出來都千篇一律，很感性，很深沉，但你的感性你的深沉很氾濫，可惜氾濫這種東西既不感性也不深沉。世界應該要去情歌化。

維英：如果世界沒有了情歌，我們還能聽到些什麼？

柏翔：聽我戲裡的角色，說說話。

（空間地點隨著台詞不斷重新定義。）

志明：春嬌是個我喜歡的女生，現在已經是我們約定時間之後的半
　　　小時了。她還沒出現，越是看不見她，我越是寂寞難耐，等
　　　下勢必要製造浪漫。其實我憋尿已經半小時了，沒看到她我
　　　就是不敢去上廁所，這是觀感的問題。如果就在我離開的兩
　　　分鐘內她出現了，她會不會覺得是我遲到？如果我夠貼心，
　　　我應該讓她看見我在這兒等她，有點風度，有點滄桑。太好
　　　了，雖然我膀胱快爆開了，但她終於來了，憋尿憋這麼久，
　　　就是為了這一刻，像是夜裡等待已久的流星，在那終於劃過
　　　天際的瞬間。

（春嬌上場。）

春嬌：Hi。
志明：Hi。
春嬌：你等很久了嗎？

志明：不會。

（頓。）

志明：嗯。
春嬌：耶。

（頓。）

志明：我先上個廁所喔，你等我一下。

（志明下場。）

春嬌：終於見到志明了，看到他的這刻我笑了，我的心跳開始跳了，雖然他第一句話就是想上廁所讓我的下巴快要掉了，但我還是好喜歡他。其實我收到一個訊息，說有很重要的事情要我立刻回電，是真的非常非常緊急，但我現在就是不想回電。這是觀感的問題，如果他才離開兩分鐘就看到我在打電話，會不會覺得我不在乎他？我想讓他看見我等他回來的模樣，有點期待，有點可愛。太好了，他終於回來了，每個人的心裡都有隻小鹿，而我的小鹿正在橫衝直撞，雖然我心中還是有很多的顧忌。

（志明上場。）

志明：Hi。

春嬌：Hi。

志明：抱歉，最近有點感冒。

春嬌：沒關係，多喝水。

（頓。）

春嬌：嗯。

志明：耶。

（頓。）

春嬌：等我一下喔，我先回個電。

（春嬌到場邊打手機。）

志明：開不了口，開不了口讓她知道。陶喆說：「愛，很簡單。」我也多想要能夠簡單愛。為了讓今天有個美好的攤牌，我整個晚上都在聽情歌，試圖讓自己保持在煽情的狀態，讓我腦子維持著浪漫的邏輯。我有太多的愛要說，但誰可以告訴我，愛要怎麼說？等下要開始情歌 PK 大賽，我真的不知道幹嘛玩這個遊戲，是不是成為了 K 歌之王，就能明白了所謂的愛？

（春嬌回到場上。）

春嬌：Hi。

志明：Hi。

春嬌：抱歉，家裡有事，可能要先走了，真不好意思。

志明：沒事沒事，你先忙，今天聊得很開心。

春嬌：我也是。

（春嬌轉身要走，忽然被志明叫住。）

志明：等一下！我們才剛見面耶！

（春嬌回身。）

春嬌：唉呀，對耶。

志明：今天約你出來，是有話要說。

春嬌：好。

（頓。）

志明：我……哎呀，說不出來！

春嬌：說嘛，男人不要出不來。

志明：春……春嬌，我喜歡你！

春嬌：啊？

（兩位天使與兩位惡魔出來，他們將代表春嬌「想戀愛」和「害怕受傷」的兩個面向，天人交戰。）

志明：（唱）太想愛你是我壓抑不了的念頭～
春嬌：多愛？
志明：（唱）我的愛如潮水～
春嬌：換一個，我怕水。
志明：（唱）對你愛、愛、愛不完！
春嬌：天阿，我也想要愛。

（惡魔組跳出來，對春嬌信心喊話，天使組立刻給予正向的浪漫思考，加上志明的告白說服、春嬌本人的舉棋不定，成為一場大亂戰。）

惡魔：（唱）我給的愛～～要不回來～～～
天使：（唱）我想就這樣牽著你的手不放開～愛能不能夠永遠單純
沒有悲哀～
志明：（深情，唱）oh 思念是一種病～ oh 思念是一種病～
春嬌：（搶白，唱）相思無用～相思無用～對我是一種太昂貴的痛～

（志明沮喪，惡魔組見縫插針。）

惡魔：你看吧，他放棄了。
志明：（深情再起，唱）我很醜～可是我很溫柔～
春嬌：（害羞貌）噢，溫柔！

惡魔 A ：倒過來說。

惡魔 B ：（引吭高歌）我溫柔～可是我很醜～

春嬌：（清醒貌）什麼？很醜！（隨即崩潰）

（天使組加強遊說，接下來是天使組和惡魔組在春嬌腦內小劇場中的抗衡！）

天使：（唱）寂寞難耐～喔喔寂寞難耐～

志明：（唱）別愛我～如果只是寂寞～

惡魔：（唱）我寂寞寂寞就好～

志明：（唱）我愛你～我心已屬於你～今生今世不移～

惡魔：（唱）說什麼此情永不渝～說什麼我愛你～

天使：（唱）愛真的需要勇氣，來面對流言蜚語～

惡魔：（唱）承諾算不算任性的要求～人總是不能太容易感動～

天使：（唱）親愛的～別任性～你的眼睛～在說我願意～

春嬌：（制止大亂鬥）好，大家不要吵了！

（頓。眾人安靜下來。）

春嬌：我已做好決定了。

（春嬌緩緩走向志明，眾人期待她的決定。）

春嬌：（唱）明天我要嫁給你啦～明天我要嫁給你啦～要不是你問

寂寞寂寞不好

我～要不是你勸我～要不是適當的時候⋯⋯（急轉直下）還
是會寂寞。

（志明疑惑不解。）

志明：誰說的？

春嬌：陳綺貞。

志明：噢，天啊！

春嬌：你承不承認嘛？

（頓。）

志明：好吧，我承認。

春嬌：那為什麼還要開始呢？

志明：因為本來就是這樣子。

春嬌：怎樣子？

志明：你會讓我歡喜讓我憂。

春嬌：然後我們會終於懂得，解脫，是肯承認這是個錯。

志明：原來你什麼都不想要。

（志明沮喪地掉頭就走。）

春嬌：我要啊。

（志明回來奔向春嬌。）

志明：你要我說美一點的話來製造一瞬間的勇氣，還是希望我給承諾？
春嬌：承諾。
志明：好。我的承諾是，當我說一定要給你幸福，就有百分之七十
　　　的可信度，剩下三十大不了是辜負，又不會成陌路。

（頓。）

春嬌：這誰的歌？
志明：我的。

（頓。）

春嬌：我喜歡你唱自己的歌。
志明：我喜歡為你唱情歌。
春嬌：你不怕只會是夢一場嗎？
志明：那……要來個好夢嗎？
春嬌：你知道嗎？沒有什麼好夢是能快樂醒來的，因為一場夢就只
　　　能是夢一場，但真實人生是歹戲拖棚的連續劇，一場接一場，
　　　一場接一場。
志明：好吧，那在無限多場的爛戲中，你想不想夢一場？

（頓。）

春嬌：好吧。Be my sunshine。

志明：You are already my sunshine.

春嬌：希望以後我不會對你說：'You were my sunshine'.

志明：你到底想說什麼？

（頓。）

春嬌：Be my sunshine.

（燈光轉換）

第 **4** 場　我得了一種不押韻會死的病

（咖啡店，柏翔等待維英，維英出現時兩手空空。）

維英：我把你的初稿通通看完了。

柏翔：但你沒有把電腦帶來。

維英：對。

柏翔：你甚至沒帶任何東西來。

維英：我一直在你的初稿中找線索。

柏翔：關於——

維英：那天晚上的事情。

（頓。）

維英：為什麼會想做……那樣的事？

（頓。）

維英：這樣問很冒昧嗎？

柏翔：怎麼會這樣覺得呢？

維英：因為……安靜下來了。

柏翔：那大概就是有點冒昧了。

維英：抱歉，我們還沒那麼了解彼此，不知道有什麼禁忌。

柏翔：沒關係。

維英：所以我們要聊啊，這樣才能了解有什麼禁忌。

柏翔：禁忌就是不要去聊那些聊不下去的話題。

（頓。）

柏翔：除非你享受這樣的寂靜。

（頓。）

維英：好吧，那就聊聊別的吧。

（頓。柏翔一時無言。）

柏翔：下次再跟你拿好了，謝謝。

（柏翔拿起東西準備離去。）

維英：你要走了？

柏翔：再麻煩你了。

維英：這麼絕情……

（柏翔離去。）

維英：我很喜歡你的劇本。

（柏翔停下了腳步。）

維英：我很喜歡你的文字。
柏翔：算了吧。
維英：看著你的文字，打開收音機，想像你本人會是什麼樣子。
柏翔：收音機？
維英：昨晚放了一些老舊的電台情歌。
柏翔：噢，電台情歌。
維英：很有你劇本的味道。

（頓。柏翔面露不悅。）

維英：我又冒犯到你了嗎？
柏翔：你那樣形容還滿糟的。
維英：怎樣？情歌嗎？
柏翔：少聽那種東西吧。
維英：我們就是這樣長大的啊。
柏翔：小時候的我們沒有選擇，城市就只播放這些曲子。

維英：重點不是選擇的問題，重點是，我們就是這樣長大的，情歌就是日記。

柏翔：算了吧。

維英：你 2005 年在幹嘛？

柏翔：2005……（思考中）

維英：周杰倫出范特西時你在幹嘛？

柏翔：補習班準備聯考。

維英：See ？腦中有畫面嗎？

（頓。柏翔被說中，繼續辯解。）

柏翔：你的人生就打算被這幾首歌詮釋掉了嗎？每天打開電視看到的劇情你想要自己再演一遍嗎？芭樂歌是音樂圈的肥皂劇，肥皂劇是電視圈的芭樂歌，這就是你想要的人生嗎？一成不變，千篇一律，連和弦都差不了太多！

維英：不是每個人都需要很獨特，或說，每個人都是獨特的。

柏翔：噢，「每個人都是獨特的」。

維英：幹嘛學我講話？

柏翔：這句話可謂是閒話家常界的芭樂歌。

維英：你是被芭樂砸過嗎？不過是種水果罷了。

柏翔：情歌給你滿滿的感覺，但人不能只活在氛圍裡。

維英：人活著，是要去「體會」的。

柏翔：體會什麼？

維英：體會溫度呀，你不需要批判攝氏二十四度很平庸，只要你愛

這個溫度，你就大膽去感覺它，大膽去愛啊。有時候我很孤
單，就會去看看月亮，因為──

柏翔：月亮代表你的心。

（頓。）

維英：對，你好懂。

柏翔：噗，顛覆俗爛的第一步，戒情歌。

維英：你先戒菸吧。

柏翔：俗爛要被跨越，笨蛋該被打醒，人人都預期，人人都命中，
人生不該這樣。人生的戰場，敵人只有一個，就是無聊。

維英：那如果一個人走到了盡頭就去自殺，你覺得無不無聊？

（頓。）

維英：對不起。

（頓。）

維英：對不起，我太過分了。

（頓。）

柏翔：沒有關係，我們就只是 social 一下，不必太往心裡去。

維英：真的很抱歉。

柏翔：真的沒關係。

維英：抱歉讓你覺得我俗不可耐。

柏翔：不會，至少你還俗得可愛。

（頓。）

維英：你很會玩雙關語。

柏翔：這不叫雙關語，這叫押韻。

（頓。）

維英：不要覺得我很俗，我是故意來嗆你的。

柏翔：喔，是嗎？

維英：這樣就可以聽你多說點話。

（頓。）

維英：扣除掉你說教的部分，你話真的很少，每次話快接不下去了
　　　我就很緊張。

柏翔：其實不用。

維英：每次話講不下去我都認為是我笨。

（頓。）

柏翔：不會。

維英：然後我就會打斷你，或許你也覺得煩了。

柏翔：不會，我喜歡你打斷我，這樣我比較輕鬆。

維英：喔。

（頓。）

維英：不然你憂鬱的時候都幹嘛？總不能每次都尋死吧。

（頓。）

維英：對不起，我只是很想聽聽關於你那一晚的……故事。

（頓。）

柏翔：我憂鬱的時候，都押韻。

（頓。）

維英：你有病喔？

柏翔：對，我得了一種，不押韻會死的病。

維英：我沒聽過你押韻啊。

柏翔：因為我還沒發功。

維英：你怎樣才要發功？

柏翔：先讓我發瘋。

維英：你每次回話都很潦草。

柏翔：像是我的人生太潦倒。

維英：不要這樣說，自殺只是某一種失態。

柏翔：我非常在意，自殺就是某一種失敗。

維英：你的未來可能會像在太空漫步。

柏翔：若沒有未來，請來我墳前慢舞。

維英：你不要這樣，扶不起。

柏翔：我只能說聲，對不起。

（頓。）

維英：哇！你真的會耶！

柏翔：你還想知道那天我為什麼自殺嗎？

維英：你說是因為想不開。

柏翔：我想不開的原因很簡單，就是我押不到韻了。在我想得開的
　　　那段日子，我每天走路都要很小心。

維英：小心什麼？

柏翔：小心不要踩到韻腳。

維英：喔。

柏翔：可是我後來的人生押不到韻了。你記得我得了什麼病嗎？

維英：不押韻會死的病。

（忽然一聲槍響，柏翔宛如胸口中槍。）

47

（接著，槍林彈雨的音效與燈光進來，柏翔不知從哪拿出麥克風，當成機關槍使用，像戰場上的匍匐前進，甚至拔下麥克風頭來投擲手榴彈！）

柏翔：押不到韻，我就會死了。我需要韻腳，像魚需要水，像吸血鬼需要血。像是一段不會停的節奏，一句歌詞順著一句歌詞，一個韻腳接著一個韻腳，人生就是一場戰鬥，接得到韻腳，就接得到子彈！（柏翔接住了子彈，輕蔑地丟掉）直到那一刻，夜幕低垂了，悲劇發生了，我忽然發現接不到韻腳了。（柏翔不斷用手去抓隱形的子彈）我聽到子彈咻咻咻地從我耳邊飛過，我才發現……我被包圍了！那些嘲笑我的人、輕視我的人、看穿我的平庸與淺薄的人、看我出糗的人，他們步步進逼，我說再給我一首歌的時間拜託！但時間沒了。我找不到放ㄤ韻的地方，押個ㄢ韻再也不簡單，我想要用ㄟ韻來反擊但已經無言以對，我像個當機的播音設備不斷ㄅㄅㄅㄅㄅㄅㄅㄅ……

（頓。）

柏翔：為什麼不打斷我？我這樣很尷尬。
維英：就想看你能自嗨多久呀。

（頓。）

柏翔：押不到韻，就是我的尋死原因，你相信嗎？

維英：我相信你。每一個字，我都相信。

柏翔：眞假的？我在唬你耶！

維英：你剛剛的樣子很誠懇，沒人聽得懂你在講什麼但我感覺到那是眞的。這是我第一次感覺你在跟我分享些什麼。

（頓。）

柏翔：謝謝你相信我。

（頓。）

維英：你還覺得我很俗嗎？

柏翔：俗得可愛，我說過了。

維英：如果我說我最愛的戲是羅密歐與茱麗葉？

柏翔：不會吧！那將會俗得可恨。

維英：我不相信一個編劇不相信莎士比亞。

柏翔：莎士比亞很無辜，只是眾人都搞錯了焦點。羅密歐的重點不是至死不渝的愛。如果「重點」是某位先生的名字，那重點另有其人。

維英：重點是愛情的堅貞？

柏翔：比較像愛情的天眞。

維英：不要講得這麼艱深。

柏翔：重點是──韻腳先生。

第 5 場　他爲我押韻

茱麗葉：羅密歐，羅密歐，放棄你的姓氏，捨棄你的姓名吧。

羅密歐：不需要捨棄你的名字，不論你有什麼名字，我都願意爲你押韻。我沒有金錢，無法送你九百九十九朵玫瑰。我沒有時間，無法一年陪你三百六十五天。但我才華無限，我可以爲你找到九百九十九個韻腳。

茱麗葉：有個男孩，他爲我押韻。

羅密歐：告訴我你的名字吧！

茱麗葉：我不敢透露我的姓名，我怕你會因爲找不到韻腳而離開我。

羅密歐：我幹嘛離開你？

茱麗葉：離開我去找韻腳。

羅密歐：我就是爲了找韻腳才來到這裡。

茱麗葉：就讓我們保持這段神祕的距離，永遠若即若離，好嗎？

羅密歐：給我你的名字，而我將給你我所有的一切。

茱麗葉：你有什麼？

羅密歐：我有眞心。

茱麗葉：（對觀衆）眞心可感，我願告訴他我的姓名。（對羅密歐）我叫維英。

羅密歐：噢，維英，多美麗的名字。維英維英，你讓我微暈，你像一瓶葡萄美酒讓我微醺。我沒有不良企圖，我很唯心，別拒我千里之外，給我回音。這不是違心之論，我時常捫心自問，這是個愛情維新，獻給我愛的，維英。

茱麗葉：你好厲害，噢羅密歐～你有 freestyle 嗎？

羅密歐：噢，剛剛的就是 freestyle ～

茱麗葉：（對觀眾）這樣的即興功力，看來確實是位才子，我願再試試他的才華。（對羅密歐）告訴你一個秘密。

羅密歐：我愛秘密。

茱麗葉：其實我叫小美。

羅密歐：噢，小美，多可愛的名字。小美小美，你不只小美，與你邂逅的片刻真的太唯美，我願當傀儡。每當星星入了夜，我陪你入了睡，生命充滿著危險，而你的美讓它，微甜。你不只是小美，若愛情是片海洋你更是小美，人魚。如果人生是片沙漠你是太陽，雨。

茱麗葉：（對觀眾）天啊，哪來這樣一個才華洋溢的深情男子？

羅密歐：是才子！是才子！

茱麗葉：他竟然每次都押了兩個韻！我想私奔，但，若這樣一走了之，卻發現他其實是個負心漢，一切又豈能輕易挽回？我願再試試他的決心。（對羅密歐）才子啊才子，我願為你裁紙。

（茱麗葉拿出一張紙和一個刀片，用刀片把紙裁成兩半。）

羅密歐：（對觀眾）世風日下，人心不古，冷笑話已全面進攻地球，

為何如此佳人講話卻如此無聊透頂？這更勾起了我要將她從無聊中拯救的慾望，我要用最清新脫俗的絕妙好詞來撼動她！（轉身對茱麗葉要講什麼卻忽然語塞，想了一想，對女子說出）我愛你！

茱麗葉：（對觀眾）如果連這種愚蠢的言語都能讓他傾心，那，應該是真愛了！我不該一直考驗我的情人，但，真的好好玩～（做儀式）平行宇宙，開啓！

（各種版本的茱麗葉都進場了，分別有猛男茱麗葉、瓊瑤茱麗葉、太妹茱麗葉、聾啞茱麗葉。）

羅密歐：（驚嚇）赫！你們是？？？

眾茱麗葉：（齊聲）我們是，茱、麗、葉！

茱麗葉：各種宇宙的茱麗葉都來了，親愛的，接招吧，啾咪。

男版茱麗葉：我的肌肉開始**爆炸**

像是一個 **rock star**

褲檔有個玩意兒它慢慢在**壯大**

羅密歐：（疑惑）不好意思，請問您是？

眾茱麗葉：（齊聲）說過了，我們是，茱、麗、葉！

羅密歐：咳咳，明白。

把心給我，真心不被**糟蹋**

你是我的猛男，永遠不會對你**叫罵**

我不再趴**七辣**，只有你能讓我**超級大！**

男版茱麗葉：（害羞）哎呦～行～

（忽然一個瓊瑤茱麗葉撲倒在羅密歐腳邊。）

瓊瑤茱麗葉：羅密歐！說！說你不會丟下我即便生命苦澀。

羅密歐：幹麻滾地上呢？

茱麗葉：她是演八點檔來的。

瓊瑤茱麗葉：說你不會丟下我即便生命**苦澀**

羅密歐：像人永遠都要大便即便馬桶**堵塞**

瓊瑤茱麗葉：煽情的台詞讓人**超級哭**

羅密歐：有我陪你走這段路一定**超級酷**

　　　　　我們不斷超越紀錄讓人**超忌妒！**

茱麗葉：女打仔上！

流氓茱麗葉：怎麼看你都是一個**痞子渾球**

羅密歐：心碎過只會更加讓**彼此成熟**

流氓茱麗葉：我看你根本就只是在**無病呻吟**

羅密歐：病入膏肓的我窮的只剩**無限深情**

（護衛隊們被震退！）

茱麗葉：出絕招！

啞巴茱麗葉：（比了一段手語）

羅密歐：啥？

茱麗葉：啞巴。

羅密歐：這樣我要怎麼押韻啊！

眾人：押！押！押！

羅密歐：好，你再比一次。

啞巴茱麗葉：（比了一串手語）

羅密歐：（也比了另外一串更長的手語）

（眾茱麗葉們嚇到後退三步！）

眾茱麗葉：咧，這樣都押得到！

茱麗葉：好了，你們下去！羅密歐，我比你想像的脆弱。

　　　　如果很久以後你讓我夜夜**抽泣**

　　　　我會把今日的回憶都鎖進**抽屜**

　　　　在愛神面前我願意**跪著拜**

　　　　但你要答應我我們不會只是一個兩個 **crazy night**

羅密歐：好，我答應你。

茱麗葉：好，那你再押最後一個韻腳，我就跟你走。

（一段沈靜，茱麗葉沒有講話。）

羅密歐：說啊。

茱麗葉：我說在心裡了，押吧。

羅密歐：什麼？

茱麗葉：心誠則靈。

（頓，場上氛圍驟變，羅密歐無限挫敗。）

羅密歐：關於女人的心沒有**解答提到**
　　　　我們像是撞上冰山的**鐵達尼號**
　　　　抱歉。

茱麗葉：抱歉什麼？

羅密歐：我無言了。

茱麗葉：不可以！

羅密歐：我盡力了。

茱麗葉：不要說那四個字！

羅密歐：親愛的，我押不到韻了。

茱麗葉：你的誓言呢？全世界還有好多韻腳我們還沒有一起押過，
　　　　而你說你現在就要放棄了？

羅密歐：我放棄了，那些說過的，就當放屁。

茱麗葉：羅密歐……

羅密歐：不要叫我羅密歐，羅密歐三個字太沉重。

茱麗葉：密歐……

羅密歐：不是字數問題。

（羅密歐準備要走了。）

茱麗葉：不要走。

羅密歐：人的生命不過就只是，走進一個故事，再走出一個故事，
　　　　然後從這個故事中帶走一個體悟。

茱麗葉：我懂。

羅密歐：懂就好。

茱麗葉：那我們帶走的體悟是？

羅密歐：你說呢？

（頓。）

茱麗葉：別想愛得轟動，讓往事留在風中。

羅密歐：好。

茱麗葉：告別要怎麼說？

羅密歐：要雲淡風輕地說。

茱麗葉：再見。

羅密歐：掰啦。

（維英身邊帶著一台電腦，兩人到了公園長椅。）

柏翔：人的生命不過就只是，走進一個故事，再走出一個故事，然後從這個故事中帶走一個體悟。

維英：你終於願意講故事了。

柏翔：六年前的一個半夜，我帶了幾瓶酒晃到一個橋下找靈感。有輛車子在橋下發動著，車窗緊閉，裡面傳出了音樂的聲音，引起了我的注意。

維英：什麼音樂？

柏翔：忘了，總之是某首情歌。我一開始覺得是車床族，可是車子沒有震動又好像沒有人。我在好奇心驅使下靠了過去，越走越近發現越不對勁，我聞到一股臭味，此時我才發現有人在車裡面燒炭！我衝過去看，裡面躺著一個女子，面容憔悴，但她應該還活著。燒炭味焦得我快喘不過氣來，車門鎖著，打也打不開，我趕緊把窗戶打破將她拉出來。

維英：她漂亮嗎？

柏翔：她漂亮嗎？像殭屍一樣，可以嗎？我打了電話叫救護車來，

為了節省時間我把她抱到了路邊。

維英：你抱她？

柏翔：不要亂想，我只是想要節省急救的時間。我抱著她的手一直抖，我邊走邊跑一直喘，我很緊張，不太能分辨一個不動的人是死的還是活的。

維英：你覺得她該活下去嗎？

柏翔：先活下來，再考慮這個問題。

維英：你有陪她上救護車嗎？

柏翔：有，那是我最接近死亡的一次。（頓）在我自己自殺以前。

維英：她為什麼自殺？

柏翔：人自殺的原因就會是「想不開」，所以我不需要去問她。何況到了醫院我就走了。

維英：再也沒見過？

柏翔：沒有。

維英：會想念她嗎？

（頓。）

柏翔：偶爾。

維英：那你從這個故事中帶走的體悟是？

柏翔：我帶走了一個體悟，讓我開始反省要留下怎樣的文字。但我也留下一個誤會，以為我總是可以當英雄，但原來該被救的人是我。

維英：為什麼那晚不陪她？

柏翔：陪她？因為她那刻很難堪。可能她平時是光鮮亮麗的，誰知道？但那片刻她正面臨了最黑暗的光景，我應該去捕捉她這難堪的瞬間嗎？

維英：你有祝福她嗎？我說，心裡默默的祝福。

柏翔：我把想對她說的話都寫在戲裡了。

維英：她哪聽得到啊？

柏翔：反正事情就都過去了。我只能說，當我自己也走進了那最難堪的瞬間，我希望我能夠默默的離開，我不希望有人這時候給我來個特寫。

維英：那我現在算是在幫你特寫嗎？

（頓。）

柏翔：如果我現在誠實的面對你，那等於讓你特寫我的軟弱。如果我現在裝得很不在意，那等於讓你特寫我的虛偽。

維英：所以你只剩下兩種模式，一種是口若懸河，一種是默默無言。

柏翔：這什結論啊？

維英：但這兩種模式都沒辦法讓我比較了解你。

（頓。）

柏翔：反正——

維英：反正你也不需要。

59

（頓。）

柏翔：嗯。

維英：我在你劇本中看到好多個小小的片段，就像你剛剛講的，都只是一些特寫，你在捕捉的是……你稱之為的……

柏翔：瞬間。

維英：對，但你的人生是連續的，不會只有瞬間而已。

柏翔：人活著就是在製造瞬間。

維英：哪這麼簡單？

柏翔：十年後，你會記得的就只是幾個瞬間。

維英：那你記得的瞬間是？

柏翔：就是我剛剛講的那個故事。（頓）但我希望你把民宿的瞬間給忘了。

維英：教你一個捕捉瞬間的方法。

柏翔：嗯哼。

維英：打開收音機。

柏翔：噢。

維英：你剛剛說的故事中，那個自殺的女孩不是也打開了收音機嗎？

柏翔：嗯。

維英：你知道她為什會那樣做嗎？因為當收音機傳出了聲音，她會比較不孤單。她只是希望在最後一刻能感受到陪伴，就這麼簡單。

柏翔：相當 easy。

維英：情歌讓她覺得 easy。

柏翔：噢，睡得相當 easy。

維英：我們都沒有資格去說她什麼！

柏翔：我沒有要這樣啊！

（頓。）

維英：好，我相信你。

柏翔：我看六年前的女孩，就像你現在看我一樣。

維英：好吧，那我不看你，你可以走了，電腦還你。

（維英把電腦遞給柏翔，隨後用雙手遮住了眼睛。）

維英：掰掰。

（柏翔拿著電腦，佇立不動。）

（較長的停頓。維英不爲所動，柏翔不知所措。）

（柏翔離開，經過了維英。維英側耳聽著柏翔的腳步聲。）

（柏翔走到了維英後頭，停下腳步。）

（維英把手拿開，看到前方沒人，以爲柏翔走了，頹喪地垮下身子。）

（柏翔出聲，維英嚇一跳，卻也鬆了一口氣。）

柏翔：我還在。

維英：但你不講話，跟離開是不是一樣呢？

（頓。）

維英：然後我發現一件事，只要我一開始停止想話題，對話立刻停止。

（頓。）

維英：你說的瞬間理論我不是很懂，可能「巧遇」也只能在劇中發生一次，但對我而言，這就是發生了，而且和我脫不了關係，但你就一直想逃。你是編劇卻不願意跟我對話，你是韻腳達人卻不願意為我押韻，在你的故事裡為茱麗葉押韻的是羅密歐，在你看來我就是一個膚淺的情歌女孩，小情小愛小情歌。那你惜字如金我也要說你小鼻小眼小氣鬼。你會講故事卻不願意和我對話，你留給我的空拍讓我很尷尬，我一尷尬就害怕。我來這裡很簡單，就是想和你說說話。

柏翔：四個韻腳。

維英：什麼鬼啦！

（頓。）

柏翔：你不要激動，我和你說話。

維英：而且不要一直讓我感覺你認為我膚淺。

柏翔：好。

維英：我根本不知道要說什麼但還是一直說，你知道為什麼嗎？

柏翔：請說。

寂寞寂寞不好

維英：我說話，爲的只是確認你想不想聽！

（頓。）

柏翔：我聽。

維英：如果我喋喋不休呢？

柏翔：我聽。

維英：如果我聊的都是些俗氣的事呢？

柏翔：都好。

維英：如果我之後再約你出來呢？

（頓。柏翔一時沒有回應。）

（維英無言，落寞離去。）

柏翔：好。

維英：耶！

（離開的維英從遠方展開雙臂衝了回來。）

（柏翔莞爾，敗給了她。）

ＤＪ：每天都有車禍，世界上總是出現各種不同的車禍。有什麼車禍
　　　能夠改變世界呢？一九九七年，黛安娜王妃於車禍中喪生了，
　　　這改變世界了嗎？或只是留給世界一堆心酸的問號？有什麼車
　　　禍是改變了台灣的嗎？如果有，我會記得，也是在一九九七年，
　　　一場車禍，帶走了張雨生，朋友口中的，寶哥。我好多問號，
　　　不是對雨生，是對上帝。爲什麼上帝要讓台灣樂壇失去張雨生？
　　　每當我因此而無奈時，我會想起雨生說的：「沒有菸那就去
　　　劃一根火柴吧，去抽你的無奈。」如果今夜你也像我一樣無
　　　奈地感慨著，你可以點根菸，把吸氣吐氣具象化，或許你會
　　　好一點，或許你會看見什麼。若你手邊沒有菸，你無法具象
　　　化什麼，歡迎你 call in 進來，在空中，我們可以交換虛擬的
　　　情意，世界太多僞裝，因爲虛擬，我們誠實。喂。

大貂：喂。

ＤＪ：哇！已經一個月沒有人 call in 了，可能都去看直播了，怎麼
　　　稱呼？

大貂：我叫大貂。

ＤＪ：大貂今年幾歲？

大貂：三十五歲。

ＤＪ：大貂是從事哪一行的呢？

大貂：網紅。

（頓。）

大貂：但我比較喜歡聽廣播。

ＤＪ：這麼晚還沒睡，在做些什麼嗎？

大貂：在聽廣播。

（頓。）

ＤＪ：大貂想跟大家聊些什麼？

大貂：我想跟你們說，我很想念雨生。

ＤＪ：要不要直接跟雨生說呢？

大貂：好。雨生，我很想你，天天想你。

ＤＪ：你也是雨生的歌迷？

大貂：我是雨生的朋友。

ＤＪ：老朋友？

大貂：他不認識我啦。

（頓。）

ＤＪ：了解。

大貂：雨生過世那年，我國三，雨生陪我走過了我的初戀，我陪雨生走過了雨生的最後一年。

DJ：是雨生的專輯陪你度過聯考那段光陰嗎？

大貂：對，我買了《口是心非》專輯的隔週，雨生出車禍了。每天的晚自習前，我都會找一家有電視的餐廳吃飯，為的是看新聞播出雨生的最新消息，看完了雨生的新聞，帶著雨生的勇氣，回到教室晚自習，準備高中聯考。

DJ：雨生很幸福。

大貂：大家都在為雨生祈福，我也是。張惠妹錄了一首歌〈聽你聽我〉為雨生加油。我買了那首單曲，為的是盡一份心力。買了的隔天，雨生過世了。為了能更了解雨生，在他過世後我又買了一張雨生精選集——《自由歌》。那一年，我國三。那陣子，我失戀了。

DJ：你自由了。

大貂：如果人生是片海洋，失戀的那天，我開始了一個人的自由式。

DJ：那是怎樣子的戀情？

大貂：就是平凡的初戀。

DJ：純純的。

大貂：蠢蠢的。

DJ：是，現在想起小時候都很幼稚，有天你會懷念那種幼稚。

大貂：或說，那種幼稚的權利。

DJ：對。

大貂：你懂這種感覺嗎？那段不太聰明的日子，我最需要的就是勇氣。對我而言，雨生象徵的就是勇氣，只是我的勇氣要對抗

puppy love，雨生要對抗的是生命。

DJ：我們都不應該輕看任何小小的感情。對別人這些東西很小很小，但感受這種東西很私密，外人無法置喙什麼。

大貂：那時候我覺得我和雨生一起努力著，我的愛快死了，雨生也是。在我的夢中，我們應該能一起活過來，如果他就是勇氣，那他的離開算不算是一種口是心非？雨生走了，留下我一個人在世界的角落默默努力。

DJ：雨生都把他的勇氣給你了。

大貂：但勇氣死了。

DJ：我相信雨生的勇氣沒死。雨生一直都在，他只是做了一個選擇，選擇不再對世界發言。

大貂：我活著，不斷對世界發出怨言。

DJ：今夜想聽什麼歌？

大貂：就一首＜沒有菸抽的日子＞吧，點給……當年的初戀。

DJ：還有聯絡啊？

大貂：哪可能，他都有兩個孩子了，那時候我們留校K書休息時都會躲到頂樓抽菸，那時候我們都會一起唱這首歌，因為有時菸被沒收了，真的沒有菸抽。

DJ：謝謝大貂今天打進來分享這些，你的分享也肯定了我。

大貂：有嗎？

DJ：我會繼續放情歌，放到天荒地老，因為人是不會改變的。

大貂：我會繼續努力的，我會，像天一樣高。

DJ：李宗盛告訴我們：「早知道傷心總是難免的，你又何苦一往情深」，我們都在年輕時和張震嶽一起對某個人吶喊過：「愛

我別走」，而陳綺貞提醒我們：「還是會寂寞」。但我們不
要忘記雨生說——

大貂：我呼吸，我感覺，我存在。

D J：謝謝大貂，謝謝你的 call in。

大貂：大家晚安。

D J：也跟雨生說嗎？

大貂：不需要，因為雨生在的地方是白天。

D J：是的，大貂，謝謝你今夜眞誠和美麗的分享。我們明天空中
再見。

寂寞寂寞不好

不！這不是人生啊！

（夜市，主要有兩個遊戲攤販，一個用飛鏢射氣球的遊戲攤、一個是用棒球砸啤酒罐疊高高的遊戲攤。）

柏翔：為什麼要來夜市啊，人擠人。

維英：就走走吃吃，你就不用一直陪我講話啊。

柏翔：我沒有怕和你講話呀。

維英：我怕啊，你是個無言的男人。

柏翔：幹嘛這樣，上次後來不都好好的了。

維英：欸，我們來玩這個。

（他們跑到一個遊戲攤位前，是那種用飛鏢射氣球的攤位，攤位旁有許多獎品玩偶，包括一隻大大的熊。）

維英：你能射嗎？

柏翔：你說飛鏢嗎？

維英：不然咧。

柏翔：喔喔，小意思啦，老闆，來一盤飛鏢。

維英：（指著獎品玩偶）我想要那隻熊。

柏翔：沒問題。

（老闆Ａ給他一盤飛鏢，柏翔給他一百元。）

老闆Ａ：來，氣球破越多，獎品越好喔！

維英：加油！

柏翔：交給我，我射那隻熊給你。

老闆：（震怒）喂！等等！

（柏翔和維英愣住，不解看向老闆Ａ。）

老闆Ａ：飛鏢只能拿來射氣球，不准拿來射熊。

（頓。）

柏翔：不好意思，我不是這個意思。

老闆Ａ：那是什麼意思？

柏翔：她想要熊，我射給她。

老闆Ａ：你射給她？這有意思。

維英：快點射啦。

柏翔：我要射囉。

維英：啊啊啊啊～

（柏翔射了幾支飛鏢，沒射中幾個氣球，柏翔扼腕。）

老闆A：來，一顆可樂糖。

維英：一百元就一顆糖？什麼意思嘛。

老闆A：安慰獎本來就只是意思意思。

柏翔：至少兩顆吧，我們兩個人耶。

老闆A：限量是殘酷的，這就是人生啊，啊哈哈哈哈。

維英：走啦走啦，他怪怪的，我們去玩別攤。

（旁邊那一攤有啤酒罐疊成了高高的小山，前方有幾顆棒球。）

老闆B：來喔來喔，丟酒瓶喔，丟越多獎越多喔！

維英：你想要什麼獎品？

柏翔：我都可以，你喜歡就好。

老闆B：來，小姐先生誰要來？

（柏翔掏錢，換來三顆棒球，他把棒球塞到維英手中。）

維英：我丟？

柏翔：對啊，你來玩。

維英：我不要啦，這麼多路人在看，我怕丟人啦～

老闆B：（震怒）欸！請自重喔！

（柏翔與維英愣住，不解看向老闆B。）

老闆 B：球是拿來丟酒瓶的，不是拿來丟人的，想丟我是不是？

柏翔：不是啦。

老闆 B：想丟我是不是！

維英：這夜市好奇怪喔。

柏翔：好啦，隨便丟一丟就好。

（維英丟了三顆球，都沒丟中。）

老闆 B：SO SAD～沒關係，有安慰獎。

維英：肯定又是可樂糖。

老闆 B：不要裝懂喔，我和隔壁不一樣，我這是有良心的店家。

維英：好吧，期待一下。

老闆 B：來，一顆沙士糖。

維英：靠～

老闆 B：呵呵，這就是人生啊，啊哈哈哈哈！

柏翔：走了走了。

老闆 B：相見不如懷念啊。

（柏翔拉著維英走到一旁的吃東西的攤位坐下。）

維英：真是氣死。

柏翔：好啦，下次我直接買一隻熊給你吧。

維英：我們來猜拳。

柏翔：幹嘛？

寂寞寂寞不好

維英：輸的人去告訴他們「這不是人生」！

柏翔：不是嗎？

維英：本來就不該是！「這就是人生啊」幾個字真的沒有道理，尤其在講之前還要先呼一口氣。每次別人跟我這樣講我都想揍人，我很想回「不，不，不，這不是人生啊！人生不該這樣子的」！「這就是台灣啊」、「這就是壞人啊」、「這就是婚姻啊」，請問我就能夠走出來了嗎？「這就是」三個字就能夠自我療癒了嗎？

柏翔：唉，這就是白痴啊。

維英：唉，這就是白爛啊。

柏翔：我痛恨陳腔濫調，說話應該要——

維英：維妙維肖？

柏翔：對。

維英：但我總覺得編劇是陳腔濫調界的翹楚。

柏翔：所以我押韻。

維英：但你押不到了。

柏翔：唉，讓我死了吧。

維英：我跟你說喔，我以前當過英文家教，我教的小男孩很純真很可愛，有天我的心情沮喪到谷底，幾乎想要尋死了，就問他說：「你知道失去所愛的人是什麼感覺嗎？」小鬼說：「哇，超級難過的。」我說：「如果我現在跟你說我超級難過的，你會跟我說些什麼？」小鬼低頭想了一陣子，抬起頭來很認真很認真的告訴我：「吃冰淇淋。」接下來他停頓了一下，又補了句：「冰到沒有感覺。」（頓）我當下超級震驚！

（頓。）

柏翔：哇。

維英：你哇什麼？

柏翔：哇，這就是冰淇淋啊。

維英：你真的是無言的男人誒！

柏翔：再給我一次機會。

維英：想清楚再講喔。

柏翔：其實我……怎麼說呢……小男孩說的「吃冰淇淋」四個字，相當雋永，相當相當美。我不知道怎麼說，我忽然覺得這四個字很清新，很脫俗，它超越了一切社會化下的慰藉，他不會說「這就是人生啊」因為他還沒體會太多人生，他不會說「潮起之後有潮落」因為他還沒被真正淹沒過，他沒有陳腔濫調，因為他的人生一切都很新鮮，他說了「吃冰淇淋」，他就是只是想要分享，分享一個他最真的經驗，分享一個冰到沒有感覺的瞬間。

維英：我開始覺得你有點迷人了。

柏翔：我們都被陳腔濫調洗腦了。

維英：對。

柏翔：更不該覺得人生就是理所當然。

維英：沒錯！

柏翔：你知道嗎，我忽然覺得應該教訓一下剛剛那些人。

維英：怎麼做？

柏翔：跟我來。

寂寞寂寞不好

維英：要幹嘛？

柏翔：品格教育。

（柏翔起身，帶維英來到飛鏢射氣球的攤位。）

柏翔：給我一盤飛鏢。

（柏翔拿過飛鏢後，卻沒射向氣球，轉而射向一旁的大熊玩偶。）
（飛鏢射去，插在熊玩偶的額頭上，讓老闆Ａ驚嚇暴怒。）

老闆Ａ：喂，你幹什麼！

柏翔：我答應我朋友要射一隻熊給她，現在我射到了。

老闆Ａ：你有病啊！

柏翔：*有、病、才、是、人、生、啊，走！*

（柏翔拉著維英的手就往外跑。）

老闆Ａ：（對老闆Ｂ）老婆！幫我顧一下場子！

（老闆Ａ追出去。）
（燈光轉換，幾個飛簷走壁的武俠人物飛了出來，刀光劍影，接續到下一場。）

（一群人刀光劍影和武打過後，大師兄與小師妹落地。）

大師兄：叫我大師。

小師妹：大師。

大師兄：小子，別來無恙？

小師妹：無。

大師兄：無什麼？

小師妹：無恙。

大師兄：非常好，小子想學什麼？

小師妹：我想當愛情高手。

大師兄：問我就對了，但是大師我不是省油的燈。

小師妹：想必是非常耗油。

大師兄：對，我總是出口成章，引經據典，要聽得懂，還得有些慧根。

小師妹：敢問大師要用哪段經典來幫我成為高手？

大師兄：這個問題很簡單，to be, or not to be。

小師妹：Be what ？

大師兄：Be 愛情高手。

小師妹．To be。

大師兄：有決心，相當好。那接下來就要教你如何成爲高手了。

小師妹：大師請從頭道來。

大師兄：從頭道來？（往下看）那話兒～可長了。

小師妹：請精簡扼要。

大師兄：有句話說得很精準，「高手一出招，便知有沒有。」所以
一切問題都可以簡化成，有，或沒有，的問題罷了。

小師妹：我想要有。

大師兄：那你到底有沒有？

小師妹：到底是有什麼？

大師兄：有沒有「有」？

小師妹：應該有。

大師兄：有什麼？

小師妹：有「有」。

大師兄：有「有」，非常好。送你一個溜溜球。

小師妹：謝謝大師，但爲什麼？

大師兄：因爲溜溜球就是 yo-yo。

（頓。）

大師兄：好，廢話不多說，你已經往成功邁進了一步，但接下來還是
長夜漫漫路迢迢的漫漫長路，革命尚未成功，同志仍需努力。

小師妹：敢問大師，接下來我要往何處去？

大師兄：你要上梁山。

小師妹：梁山是誰？爲何我要上他？敢問是炮友關係？

大師兄：不是。

小師妹：那又是爲何？

大師兄：因爲沒有三兩三，怎能上梁山。

小師妹：我想要上梁山。

大師兄：那就要有三兩三。

小師妹：要如何才能上梁山？

大師兄：我可以推薦一個人。

小師妹：大師請說。

大師兄：去問梁山伯，梁山伯可以教你上梁山。

小師妹：哪裡可以找到梁山伯？

大師兄：顧名思義，梁山伯當然住在梁山，要找梁山伯，勢必要去一趟梁山。

小師妹：那要如何才能上梁山？

大師兄：那要看你有沒有，三兩三。

（頓。）

小師妹：噢。

大師兄：不客氣。

小師妹：我還沒說謝謝。

大師兄：噢。

小師妹：謝謝大師。

大師兄：不客氣。

（頓。）

小師妹：真的是聽君一席話，勝讀十年書。

大師兄：過獎了過獎了。

小師妹：讀了十年書，不如聽君一席話。

大師兄：講過了講過了。

小師妹：你是我的良師益友。

大師兄：我比較想當你的良師炮友。

小師妹：什麼東西？

大師兄：沒事沒事。

小師妹：若我沒看錯，大師臉色怪怪的。

大師兄：大師不是怪怪的，人師是壞壞的。

小師妹：什麼意思？

大師兄：你真的想上梁山嗎？

小師妹：想。

大師兄：事到如今，我也瞞不住了……

小師妹：師兄直說吧。

大師兄：師妹，我就是梁山。

小師妹：什麼？

大師兄：上我吧。

小師妹：啥？

大師兄：快點上我。

小師妹：大師請冷靜。

大師兄：再不來，我就要把你當成梁山了。

小師妹：啊！怎麼會變成這樣？

大師兄：這就是人生啊。

小師妹：大師跟我想得不一樣。

大師兄：這就是壞人啊。

小師妹：啊！

（大師兄去強吻小師妹，小師妹輕微抵抗後淪陷，回以熱吻。）

大師兄：問世「姦情」為何物，直叫人生死相許。

小師妹：這就是人生啊。

大師兄：這就是姦情啊。

（兩人繼續熱吻，電光石火。）

第 **10** 場　你是另外一個我自己

（同第六場的公園。）

維英：Hi。

柏翔：嗯。

維英：又見面了。

柏翔：嗯。

維英：今天出來，是要告訴我那一晚的故事了嗎？

（頓。）

維英：為什麼約了我出來又不講話啊？

（頓。）

維英：你心情不好喔？

柏翔：不至於。

（頓。）

維英：那怎麼啦？

（頓。）

維英：發生了什麼事都可以跟我說啊。

（頓。）

維英：你不要不講話嘛，我們上次不是還開開心心的嗎？

（頓。）

維英：欸，說話啦。
柏翔：我昨天回去那個民宿了。

（頓。）

柏翔：我剛好路過，想說順便找你聊聊，然後我遇見了老闆娘。

（頓。）

柏翔：噓寒問暖後，我問起了你。我得到的答案竟然是，老闆娘她

根本沒有女兒。

（頓。）

柏翔：然後我想起了之前我們那些沒話講或是聽你一直講話的畫面，你沒有和我說實話，你不讓我知道你是誰，但你卻還是可以不停地不停地講下去。你不覺得這有點可怕嗎？

維英：請不要用可怕兩個字。

柏翔：老闆娘根本不認識你，而你那天就忽然出現在我房間，你之前沒去過，之後也沒去過，你就在我割腕的那瞬間出現在我房間，你早點出現或你晚點出現我們現在都不會在這裡，而你就在那個瞬間出現了，為什麼？我想過很多可能性，我很想相信那只是巧合，但是我無法真的相信。

（頓。）

維英：身為一個編劇，你會怎樣鋪陳之前的故事？

柏翔：你不要呼嚨我。

維英：我不知道怎麼說啊！你為什麼要先假設我帶有惡意呢！

（頓。）

柏翔：我的解釋是，你在我認識你前就先認識了我。

維英：你的語氣讓我覺得，你想在我離開你前先離開我。

柏翔：你認識我？

維英：我看過你的檔案。

柏翔：不對，那些只是初稿，你對我的了解超越了初稿的程度。

維英：我不想訴諸神祕，但也許命中註定——

柏翔：噢，那又是某首情歌嗎？

維英：我想認識你。

柏翔：你想呼攏我。

維英：你不要一直對我說髒話！

柏翔：我哪有說髒話？

維英：有！你的每句話對我而言都是髒話！

（頓。）

柏翔：我唯一的解釋是——

維英：你又要解釋，你什麼都要解釋，但我發現——

柏翔：你不要打斷我！你每次都在我講話時打斷我！

（頓。）

維英：你之前說過你喜歡我打斷你。

（頓。）

柏翔：為什麼我們會在這裡？

寂寞寂寞不好

維英：第一次見面時我就說過了。我想要認識你，我想要跟你聊天，我喜歡你的台詞所以找到了你。我想要跟你聊天，然後我會把電腦還你。接下來你的人生就自己去走了隨風去吧，這些話我一開始就講了，我沒有騙你。

柏翔：你那天跟蹤我？

維英：你是編劇，你和自己對話就好了。

柏翔：你那天跟蹤我？

維英：你是編劇，你就自己做結論啊！

柏翔：你那天跟蹤我？

（頓。）

維英：對。

柏翔：為什麼？

（頓。）

維英：你真的要聽？這個故事很俗爛。

柏翔：多俗爛？

維英：超乎你的想像。

（頓。）

柏翔：我要聽。

（頓。）

維英：很久很久以前，有個女孩，她遇到了很不可思議的事情，這件事情叫做 ── 情竇初開，對一個女孩來說，這就是不可思議，很爛吧？於是她落入一切電影公式與愛情俗套，對，就像你說的，潮起之後有潮落，我們都痛恨庸俗，但我們都享受那個庸俗的過程。因為對個人而言，那就是全世界。最後的故事你不想聽的話可以直接去看報紙，類似的故事你閉起眼睛就想得到。女孩被騙了，男人走掉了，女孩像被吃完的便當要被倒進垃圾桶了。期待奇蹟降臨嗎？編劇能做的不過就是把無聊的人生中加進一個奇蹟。學校不是感化院，把女孩趕了出去。家裡好像應該是個避風港，但那個港口只有女孩一個人。對一個十六歲的少女，要去了解絕望兩個字似乎太早了一點。如果一個十六歲的少女選擇告別這個世界，那算是一種早熟嗎？但這個故事將會比一切故事都還要庸俗，對，她去自殺了，了結自己的生命。這個劇情你肯定似曾相識吧。你覺得這個故事無聊嗎？

（頓。）

柏翔：繼續說啊，她⋯⋯她⋯⋯

（頓。）

維英：這次我不打斷你，但你連一句話都講不完。

（頓。）

柏翔：她怎麼自殺的？

維英：她開她家裡的車去一座橋下，在汽車裡面燒炭。

（頓。）

柏翔：她死了嗎？

維英：她在死前做了一個禱告，她向天祈禱，死後，她想做一個天使。

柏翔：她死了嗎？

維英：禱告沒有成真，她被救活了。昏迷的狀態下，她隱約聽到了玻璃被敲碎的聲音。

（頓，維英試探性地看著柏翔。）

維英：你應該不喜歡她，因為她車裡放著廣播。

（頓。）

維英：一個路過的男人救了她，那個男人還剛喝了點酒。

柏翔：女孩當時就聞到了？

維英：拜託，怎麼可能啊？女孩知道，因為那個男的六年後告訴她了。

（寂靜。）

維英：你享受這段寂靜的片刻嗎？

（頓。）

維英：那個微醺的男人抱走了女孩，和一個小孩。
柏翔：小孩被救活了嗎？
維英：小孩死了，女孩活了。（頓）對一個十六歲的人來說，失去小孩，仍然太早熟了。一個想要結束自己生命的女孩，開始去懊悔她結束了一個可能的生命。就像是一個想帶給人感動的作家卻去結束自己的生命。很像，不是嗎？

（頓。）

維英：你有什麼話想說？

（頓。）

柏翔：那……那後來呢？

（頓。）

柏翔：等一下，不要回答，這句話接好爛！

（長頓。）

柏翔：那後來呢？

（頓。）

維英：那時候我很單純，我認爲我應該爲了兩個人努力，一個是還沒出生的生命，一個是救了我的人。

（頓。）

柏翔：所以你找到了我。

維英：我去找到了那時救我的人，我想謝謝他但不敢去與他相認，因爲他看到了我最可悲的一面。但天知道我多想認識他，上天很幽默，他讓我找到了一個不需要和他面對面就能認識他的方法。他是個作家。

柏翔：你都有看過我發表的作品？

維英：不只是初稿。

（頓。）

維英：有時候我會大哭，有時我會大笑，重點是，它們讓我勇敢。

（頓。）

柏翔：那很好。

維英：我在遠方觀察他，默默關心他。用他的話來講，我在捕捉特寫，特寫每個瞬間。橋下的故事，改變了我，但對他呢？

（頓。）

維英：我不懂的是，他的作品帶來許多歡笑，我在歡笑的背後看到很多溫柔，他以前的文字給過我很多力量，為何後來他會變成這樣？

柏翔：我押不到韻了。

維英：從我捕捉到的瞬間，我隱約感覺到他的人生越來越差，從字裡行間我體會到他有點瘋狂了，而我的人生慢慢步上了軌道。會有那麼一首歌讓你有勇氣，而我的人生有一部分的勇氣是他給我的。於是我開始玩一個瘋狂的遊戲，那個遊戲叫做跟蹤。我沒有惡意，我真的就只是想默默地關心他，關心到後來我想認識他，說幾句話也好，就這樣。我敢了，因為我的人生開始好看了，我花了六年！我只是想要……我只是想要……我只是想要對他說……

柏翔：你要不要直接對他說？

（頓。）

維英：我想要說，謝謝你，謝謝你的文字給了我勇氣，謝謝你讓我還有機會看到世界的美好。

（頓。）

柏翔：我什麼都沒做。

維英：你給了我勇氣。

柏翔：可能吧。

（頓。）

維英：但天知道看到你這兩年的行屍走肉對我打擊有多大！這種感覺很怪，像是知道給自己勇氣的人正在對抗憂鬱，像是知道自己最支持的球員在打放水球，像是知道自己最愛的歌手都在唱對嘴。像是——

柏翔：像是口是心非。

維英：對。

（頓。）

維英：你接到我的話了。

柏翔：一首歌名。

維英：你說編劇只會和自己對話。

柏翔：但你是另外一個我自己，不是嗎？

（頓。）

柏翔：我們都做了相同的事情。

（頓，維英笑了。）

維英：如果世界上少了你在說話，那會很可惜。

柏翔：嗯。

維英：你要繼續選擇對這個世界發言，好嗎？

柏翔：好。

維英：為什麼你會選擇那條路？

柏翔：我說過了，我得了一種不押韻會死的病。

維英：你押不到古文的韻？

柏翔：我不是古人。

維英：押不到寫詩的韻？

柏翔：我不是詩人。

維英：那到底是什麼？

柏翔：我押不到，情歌的韻。

（頓。）

維英：我懂了，你說的韻腳是——

柏翔：不要說出來！隱喻只能是隱喻。

維英：嗯。

柏翔：我被情歌的韻腳背叛了。

維英：你真的是另外一個我自己。

柏翔：或許大家都一樣吧。

維英：不對，只有你，只有你是另外一個我自己。

（頓。）

維英：如果我早點認識你，一切會好一點。

柏翔：喔？

維英：我能為你唱情歌。

柏翔：是啊，你能為我唱情歌。

維英：應該會是首芭樂歌。

柏翔：芭樂就芭樂吧，在抗拒潮流的路上，我被情歌逆轉了。

維英：但我們還沒敗給肥皂劇。

柏翔：在我拿起水果刀的那天，我認為我敗了。

維英：那你要效法芭樂歌的精神。

柏翔：那是什麼？

維英：逆轉。

柏翔：芭樂歌的逆襲，俗爛的反撲，面對這波侵襲，我們都敗了。

維英：我們都敗給了寂寞。

柏翔：這句話好爛。

維英：我們都敗給了俗爛。

柏翔：天啊，這句話好寂寞。

（頓。）

維英：真的。

柏翔：看到你現在的樣子，我有種莫名的……

維英：不用說下去，莫名就是莫名。

柏翔：嗯。

（頓。）

柏翔：你真的懂了嗎？

維英：寧願被誤解，也不要說出來。

柏翔：好。

維英：說出來就遜掉了。

柏翔：嗯。

維英：讓我們詞窮吧。

（他們擁抱。）

第 **11** 場　我會記得你的溫柔

（春嬌與志明坐在長椅上，望著一對又一對的分手情侶流動著。）

A：好了，我都打包好了，鑰匙放你床頭了，好好照顧自己。

B：檢查過了吧，沒有忘東西吧？

A：不會忘什麼的啦，只會忘了你。

B：你會記得你忘了我嗎？

A：會，我會的。

B：未來會好好的，你很棒的，都要加油。

A：好。

（A與B擁抱，換下一對分手情侶上場。）

C：就送你到這了喔。

D：嗯。

C：嗯，以後大概也不會來這麼遠的地方了。

D：好。

C：欸，再讓我拍最後一張嗎？

D：最後一班公車十點三十八分會來喔。

C：沒事啦，（拿出相機對準D）來喔。

D：（有點遮掩）幹嘛啦。

C：這顆鏡頭不知道拍過多少個你了，讓我拍最後一顆吧。

D：（勉強擺出一個 pose）就這一次了，快去上車。

C：（拍攝完）這兩年它就只拍過你，它現在名副其實的是個……
　　愛情的鏡頭。

（C與D下場，換下一對情侶上場。）

E：好了啦，不要哭了啦。

F：對不起……

E：愛得用力，吵得就用力，我們都是小孩子，未來有一天，會長大。

F：好。

E：對下一個女孩子要更好喔。

F：對不起，好……

E：不要再說對不起了。

F：好……對不起……

（F猛點頭，哭得兇，E拿出衛生紙擦擦他的眼淚。）
（換下一對情侶登場。）

G：對不起，我知道我錯在哪了。

H：對方現在無法接收你的訊息。

寂寞寂寞不好

G：你在哪，我過去找你。

H：對方現在無法接收你的訊息。

G：再給我一次機會。

H：對方現在無法接收你的訊息。

（I與J上場，I賞了J一個巴掌，J頭低低的，沒有回手，I又連甩了幾個巴掌後，J終於抬頭正對I的眼光。）

J：打爽了嗎？

I：我恨你。

J：打爽我走了喔。

I：賤人！爛人！

J：還有嗎？

I：垃圾！神經病！

J：好，我知道，永遠不要忘記你說的。

I：我討厭你……

（I不斷捶打J的身體，直到被J抱住。）

（I倒在J的懷裡，哭著，依依不捨。）

（K一個人埋頭在寫歌，一邊寫，一邊把寫的字唸出來。）

K：（邊寫字、塗改，邊唸）分手吧……我們分手吧……不要再……騙我說你還愛著我，你我的夢，彼此的不同，就算是當作……一時糊塗愛錯……（忽然把紙團揉掉）幹幹幹！

（L 與 M 上場。）

M：爲什麼我們當時要開始呢？

L：因爲你有可愛的笑。

M：過往雲煙，現在都只剩下──

L：可笑的愛。

M：以後不能叫你寶貝了？

L：對，這段回憶變成了寶貝，但我們不是了。

M：不要忘了我。

L：我會偶爾想起你，在夜裡。

M：我會偶爾忘記你，在夜裡。

L：花點時間去感傷，然後站起來，好嗎？

M：好。

（燈光轉換，流動中的分手情侶散落舞台各處，我們看到了志明與
春嬌。）

志明：故事要結束了。

春嬌：我知道。

志明：我愛你，無論如何。

春嬌：一年五個月。

志明：我們來製造瞬間。

春嬌：什麼？

志明：故事要結束了，快沒時間了，我們花了太多時間在互相傷害，趁著結束前，我們快來製造一些很美的瞬間，說些很美的話，快！一年多的光陰我們該記得些什麼？你期待一齣戲能讓人記得些什麼？你期待哪首歌會陪我們走過這段光陰？

春嬌：好，我們來試試看。

（頓。）

志明：我不愛你，我只是上癮。你沒有那麼好，我只是戒不掉。就算任何人是你，也不會有太大差異，重點不是誰與我相遇，而是我執著要演這場戲。

（頓。）

春嬌：我會永遠記得你的溫柔。

志明：好。

（兩人輕輕擁抱，燈暗。）
（全劇終）

不如這樣吧
Blue John
（2015 寂寞爆炸版）

角色

安安——女，脫口秀演員，比阿尼正。
阿尼——女，說故事的人，不能比安安正。
John——男，薩克斯風樂手，嚴重口吃。
依林——男，樂手之一，鍵盤手。
翔哥——男，酒吧老闆。

另有其餘爵士樂手數名。

舞台

一個音樂酒吧，內設一個小舞台，小舞台
上有個直立式麥克風。
酒吧中有個吧台，咖啡桌，沙發區等等，
樂手可以坐在不同的地方。

* 角色介紹內容建議在觀眾進場時，就
  先投影在舞台上

安安：

哈囉，我是安安，大家晚安，大家安安！
這裡有個小舞台，今晚剛好是我要來跟大家講講話。
今天來這，其實是想跟你們講一個故事的，
但是我們不能跳過暖場這個步驟，
我們先聊聊天吧！

先閒聊吧，聊一下，寂寞。

噢，好像太快切入重點了？會太快嗎？

但沒關係吧，我們來聊聊寂寞和成功的關係，
我先講結論，寂寞的人容易成功，寂寞是成功的基石。
寂寞的人都容易成功，例如──
噢，例如，羅賓威廉斯，一個非常成功的喜劇演員，
但他自殺了，結束了自己的生命，肯定是個寂寞的人。

寂寞啊，寂寞到成功，寂寞到掛。

寂寞的人容易成功，
例如，希斯萊傑，成名作是斷背山，飾演超寂寞的同性戀。
代表作，黑暗騎士的小丑 Joker，一個寂寞到爆炸的超級反派。
這兩個超寂寞的角色，都帶給希斯萊傑巨大的成功，
寂寞啊，希斯萊傑成功了，但也很寂寞，寂寞到嗑藥嗑到掛。

李安，最成功的華人導演，所有成功的片子都很寂寞，
寂寞的同志斷背山、寂寞的色戒張愛玲，還有臥虎藏龍的李慕白，
但李安導演唯一馬失前蹄的作品是什麼？綠巨人浩克。
為什麼？因為太不寂寞了。
請問，好客的人會寂寞嗎？

後來，拍了續集，更加失敗，因為更不寂寞，
那就是……無敵好客。

好笑嗎？不好笑嗎？唉，寂寞啊。
好啦，我講一個比較寂寞的話題，就是聊聊我的感情近況。

（一小段寂靜。）

講完了。

對了，因為太寂寞了，我加入了一個超級寂寞的俱樂部，叫做子超俱樂部。是這樣子的，主辦人是一個寂寞到爆炸的中年男子，叫做李子超。這位李子超事業有成，但最近正在控告台北市捷運局對他性騷擾！因為每一次他走到捷運站，都會聽到一個電腦語音⋯⋯

請插入紙鈔、請插入紙鈔⋯⋯

李子超就覺得屁股痛痛的，渾身不對勁！

但李子超開始慢慢享受起這個被語音性騷擾的感覺，像是有了某種陪伴，他夜深人靜會偷偷去聆聽語音，漸漸成立了一個團體，叫做「子超俱樂部」，起先聚集了很多寂寞難耐的中年男子，他們通通改名成子超，王子超、廖子超、許子超、陳子超⋯⋯大家會約在週末的夜裡在捷運站圍成一圈，伸出右手交疊，一起等待語音的那一句話：「紙鈔全數插入後，請按確定鍵。」

接著，大家按著交疊的手喊聲：確定！確定！確定！

（樂團開始即興。）

唉，寂寞啊！

當然，療癒團體也有比較正常的成癮症狀，例如喝酒、抽菸。
醫學上會告訴我們，喝酒傷肝傷腎。

少喝酒，你瞧瞧你的肝功能指數……
少抽菸，你瞧瞧你的肺功能指數……
為了指數，我那陣子試著不傷肝，不傷腎，
結果是，我傷心。

（樂手們開始即興。）

醫學上會告訴你，傷心指數無法測量，
還是管好你的肝、腎、肺吧。
我的回應是：Smoking is not good, but cool.
翻譯成中文就是，抽菸不好，但是涼涼的。

我到後來才懂得，
傷心的原因不是因為我不菸不酒，
傷心終究是因為，
你不在我身邊。

噢，對了，說到傷心，子超俱樂部有個女生超寂寞的，她對蛋上癮了！
我們姑且稱她為，蛋女孩。

有一次去吃火鍋，蛋女孩吃了九顆蛋！我想她得了一種蛋的偏執妄
想症，瘋狂的追求各種的蛋。雞蛋、皮蛋、鴨蛋、魚蛋、鵝蛋、駝
鳥蛋。開始吃蛋料理、油條夾蛋、皮蛋豆腐、蛋花湯、滑蛋炒飯
……我問她為什麼？她說一切都是因為那一天，她心愛的男人離開

她了，那一天，她的男友跟她說：

「對不起，我要離開你了」
「爲什麼？爲什麼！」
「沒辦法了。」
「愛呢？你對我的愛呢！」
「對不起，我對你的愛⋯⋯變淡了。」
「什麼東西？！」
「變淡了，我很抱歉。」

（樂手開始即興。）

我想，蛋女孩是得了蛋的妄想症，或是說，同音異義字的辨識障礙。

我想蛋女孩的故事是個警惕，
它可能發生在任何人身上。
今天是她，
明天是你。

（安安去找到了鋼琴手依林。）

安安：Hi，依林。
依林：哈囉，安安。
安安：最近都好嗎？

依林：老樣子囉。

安安：是喔。

依林：欸，我跟你說，我昨天好像發生一夜情了耶。

安安：真的假的啊？

依林：跟一個中年男子。

安安：看不出來你會這樣耶，怎麼發生的？

依林：麥當勞啦。

安安：麥當勞？

依林：西門町遇到的啦，我只是在麥當勞吃漢堡，他跟我對上了眼，就跟我比了個 OK。

安安：比 OK 幹嘛？

依林：我也不知道，我看他滿面善的，就跟他比了個 Ya，然後他就帶我走了。

安安：帶你走？怎麼回事啊！

依林：我後來才知道，他不是在比 OK，是在說三千塊，結果我比了兩千塊，他覺得賺到，沒看過援交妹自己殺價的。

安安：靠，那不是很尷尬嗎？

依林：有一點啦，但反正我也沒事，後來我們就一起去了房間，他穿著浴泡，前面開開的走到我面前，色色對我說了句，水喔，嫩妹。我看著他的下面，噗哧回了句，帥喔，老皮。

安安：（噗哧笑出）太瞎了吧，真假的啦。

依林：安安。

安安：嗯？

依林：你覺得我是這種人嗎？

安安：我不確定啊。

依林：這只是我做的夢。

（依林兀自彈起了鋼琴。）

（安安離開依林的區域。）

安安：

依林，一個不相信浪漫愛情的都會女生，

有時候，酒吧關門後，我還會聽到 key board 的聲音，

一個人的 Jam，一個人的夜，一個用指尖說話的女孩。

依林聊完了，現在要聊些什麼？

你們覺得呢？

（頓。）

還是來進入今晚的重點？

（安安看看手錶。）

不行，not yet，時間還不到。

噢，那我們就來聊聊「還不到」這件事情好了。

（接下來的某些問答，安安一人分飾二角，自問自答，演得很快樂。）

友達以上戀人未滿，可以在一起了嗎？

還不到。

熬夜加班衝業績，可以升官了嗎？

還不到。

我已經排隊排兩小時了，輪到我了吧？

還不到。

嗯嗯喔，親愛的，要到了嗎？要到了嗎？

還不到。

公館站到了嗎？

還不到。

是喔是喔，那淡水站到了嗎？

小姐，你坐錯方向了，這是往新店的。

方向錯了。

我一直沒有忘記我要坐去淡水找你，但我坐錯方向了。

我可以現在下車，但我沒有，因為我還想不到要怎麼面對你。

我本來以為經過了無數個「還不到」，我會等到些什麼。

方向錯了。

一切原來是，到不了。

友達以上戀人未滿，到了能牽手的時候嗎？

到不了。

我排隊排兩小時了，輪到我了嗎？

到不了。

喔喔耶，親愛的，我已經沒力了，到了嗎？到了嗎？

到不了。

那……那……淡水站到了嗎？

到不了。

怎麼可能到不了？捷運到了底站不是會往回開嗎？

對，但這已經是末班車了。

原來已經這麼晚了啊……

我都無法感覺到時間的流動。

可能是因為我是電視兒童，

看著新聞不停播放，

事件沒變

劇情沒變

世界沒變

都還是那麼亢奮

亢奮到……沒發現時間已經過了這麼久……

對了，亢奮！

寂寞的解藥是亢奮！

生存之道原來是……假 High！

（樂手們奏樂，陷入了狂歡和集體的高潮之中，安安跟著扭腰擺臀。）

110

（樂聲更大，安安摀住耳朵，往觀眾方向走去，彷彿在躲避噪音。）

（樂手們漸漸對自己的行為感到不解，於是樂聲漸弱，進而轉換成輕鬆與舒服的節奏音樂。）

（安安聽到樂聲轉為舒服之後，重新整理自己情緒，繼續她的脫口秀。）

翔哥，

打招呼界的達人，

說 hello 界的翹楚，

講話很玄，蘊含大智慧。

他，從來不用參加任何 party，

因為他，就是 party。

（安安走向翔哥。）

（翔哥本來在吧檯擦拭著酒杯，發現安安走近後，放下手邊工作，開始 stand by，準備打招呼。）

安安：Hi，翔哥。

翔哥：A嘿！安安妹，什麼風把你吹來啦？東風？南風？好久不見！

安安：怎麼會這麼久沒見，有這麼忙嗎？

翔哥：忙著工作啊，你咧？

安安：忙喔，更忙喔，忙著找工作。

（頓。）

翔哥：噢，你還是一樣幽默啊。

安安：哈哈哈哈。

翔哥：哈哈哈哈。

安安：翔哥，是真的。

（頓。）

翔哥：（罐頭化的哀傷）OH！I am so sorry⋯⋯

安安：翔哥，你不用難過，沒關係的。

翔哥：我無意冒犯喔，反正你現在沒工作，可以去搞革命啊。

安安：翔哥，我可以說這樣講有點不舒服嗎？

翔哥：不行。

安安：不行？

翔哥：因為我先說了「無意冒犯」！

（翔哥去和安安擊掌，顯然對自己的話很自得其樂。）

翔哥：先講一句無意冒犯，再講一句冒犯人的話，這就是說話的藝術。

安安：翔哥，真有你的。

翔哥：但是呀，唉，安安啊，有句話其實我不想講的⋯⋯

（頓。）

安安：喔，不想講沒關係的翔哥。

（翔哥有點尷尬。）

翔哥：欸，安安，那個⋯⋯

安安：嗯，怎麼了嗎？

翔哥：當我說「這句話我本來不想講的時候」⋯⋯

安安：嗯。

翔哥：就代表我想講。

安安：（恍然大悟）噢！失敬失敬，翔哥，說啦。

翔哥：不想講了。

安安：說啦說啦！

翔哥：（裝生氣）不要。

安安：唉呦～翔哥～拜託啦～～

（翔哥裝生氣片刻，安安有點不好意思。）

翔哥：哎呀，開玩笑的啦！

安安：好啦，翔哥，可以講了，你不是有話要說。

翔哥：沒錯，你一定猜不到我要講什麼！

安安：真的。

翔哥：你一定猜不到我要講什麼！

安安：真的。

翔哥：肯定猜不到。

安安：對啊。

翔哥：那個⋯⋯不猜嗎？

安安：（恍然）喔喔，對吼。

翔哥：我這樣講，就是要你猜。

安安：翔哥，我真的猜不到啦。

翔哥：沒啦。我只是想說，很開心上次看到你都是容光煥發的，現在還是生龍活虎的，很為你開心啦。

安安：太客氣了，哪次和你打招呼不是生龍活虎的？

翔哥：真的，每次都是生龍活虎的。

安安：那是因為我們每次講話，都嘛是在打招呼。

翔哥：水水水。

（頓。他們短暫的無言。）

翔哥：怎麼樣？今天怎麼會來？

安安：不知道耶，就覺得最近有點悶。

翔哥：（突兀地插入）Keep Fighting！你準備好反擊，還是準備被人生給三振了嘛！

安安：我不要三振。

翔哥：（拉弓）Strike out！

（頓。短暫的尷尬。）

安安：哇，翔哥，如果有天我把你講的話打下來，一定會用粗體和斜體字的！

翔哥：不要太粗喔。

寂寞寂寞不好

安安：喔。

翔哥：但要斜一點。

安安：好啦，我知道了。

翔哥：和你打招呼眞的是讓人想跳踢踏舞。

安安：和你打招呼才眞的是讓人想看恐怖片。

翔哥：過獎了過獎了。

（一小段尷尬寂靜。）

翔哥：好啦，安安，今天跟你聊聊天很開心。

安安：你要忙了嗎？

翔哥：對啊，要算一下酒吧上個月的帳目。

安安：好啦，你先去算帳。

翔哥：你這麼壞，我改天再找你算帳。

安安：哈哈，好啦。

翔哥：掰啦，安安。

安安：掰啦，翔哥。

（翔哥繼續擦拭著樂器，安安走離翔哥，回到小舞台。）

翔哥，這家酒吧的老闆，

永遠講著不著邊際但充滿能量的話。

他是我很尊敬的大哥，

我相信他就是懂得太多了，

才會化為無止盡的發語詞和語助詞。

唉，來抽菸好了，
煙霧迷漫，I feel high。
這種 high 很真實，
可惜，
禁止。
可能政府覺得這種 high 太鬱鬱寡歡了，
他們覺得，
都是他們覺得。

去年的最後一夜，我一個人到一座山上準備迎接今年。滿漂亮的地方，很多人在等待煙火。那裡隱約可以看到 101 大樓，在遠方，非常非常小，在山嵐和雲霧中，只能看到模糊的細細的一條，非常不清楚。倒數的時候，我旁邊站了一對情侶，女的胸部很大，男的肌肉很壯。倒數開始，十、九、八、七六五四三、二、一。啾！新年快樂！101 忽然隱約地亮了起來，又暗了下去，亮了一下，又暗了下去，好像漏電一樣，流出一點火花，說實話，滿遜的。但我旁邊那對情侶的女性竟然對她男友說：「啊！101 爆炸了，101 它爆炸了！天啊，它，爆，炸，了！哇嗚！」

太誇張了吧，明明就只是閃了幾下不是嗎？我預測那個男的應該會立即提分手，因為這太尷尬太尷尬了，結果你們知道那男的說了什麼嗎？

116

「噢，什麼？101 爆炸了？它爆炸了嗎？它真的爆炸了嗎？天啊，是真的！太可怕了，實在太可怕了，噢！Honey！我愛你！」

Climax

接下來，這對狗男女各講了句經典名言，至今我仍忘不了。女的以嬌喘的語氣說：「好可怕喔。」男的帥氣回了句：「沒關係，我保護你。」

太虛偽了吧！有必要這樣嗎！

Climax

我歸懶趴火都起來了！我假裝手機響起，拿起來對著沒人的手機狂罵著：「去你的你們這對狗男女！你們是白痴嗎？有這麼嚴重嗎？幹嘛？街頭藝人喔！」發洩過後，我把手機摔到地上，抬頭一看，赫然發現身邊圍了一小群人，大家用著試探與關愛的眼神看著我，眼神彷彿在詢問著：「小姐，你還好嗎？」

我隱約聽到天上有個聲音對我說：「呵呵呵，結果街頭藝人是你吧，呵呵呵。」我看著圍觀的群眾，默默把手機撿了起來，為了化解尷尬我故作輕鬆地對他們說：「嗯⋯⋯嗯哼⋯⋯噢，沒事沒事⋯⋯take it easy，don't worry，ya。（頓，安安尷尬笑了笑後指向遠方）噢，101 爆炸了耶，好酷喔。耶！」

（頓。）

都是我不懂假 high 的藝術。

（頓。）

像白天不懂夜的黑。

（頓。）

climax

（頓。）

未遂。

容我假 high 一次！啊！！！！！！

（安安喊完後，空虛寂寞覺得冷。）

忽然有點憂鬱，我先放個煙火。

（安安拿出一根仙女棒，點燃後開始玩，並自在地悠遊於舞台各處。）
（浪漫音樂進。）

我到很後來很後來才發現，

原來有問題的人是我。

但一開始，我也只是想即興，

淡淡的，淺嚐即止。

（John，一個吹薩克斯風的，開始獨奏。）

（安安伴隨旋律玩著仙女棒，天真的姿態有如女孩一般。仙女棒熄滅後，安安走近 John，專心聆聽他浪漫的吹奏。）

（John 意識到安安，演奏到一個段落後隨即停止。）

安安：我喜歡你剛剛吹的那段旋律。

John：謝。（John 顫抖的尾音使得聽起來很像 shit）

安安：Shit ？

John：謝謝謝謝，謝謝謝謝。

安安：嗯，你怎稱呼啊？

John：John。

安安：這樣？這樣是哪樣？

John：No……IIIIIIIII……I'm John。

安安：了解，你叫 John ？

John：嗯。

安安：剛剛那段是你即興的嗎？

John：對。

安安：很好聽，我聽得出是即興，因為你有吹錯。

John：For……

安安：Four ？你吹錯四個地方？

John：For you.

安安：噢，為我演奏的嗎？謝謝你，我想我會常來聽你演奏的。

John：謝。

安安：你話好像很少？

John：對。

安安：你常常這樣嗎？

John：For……for……

安安：OK，for what ？

John：Forever。

安安：我懂了，你不太能講太多話？

John：對……因為我……因為我因為我因為我……

安安：我懂了，你口吃？

John：對對對對對。

安安：沒有關係啦，你薩克斯風吹得很棒，那就夠了。

John：嗯。

安安：不要太難過，沒有什麼是 forever 的。

John：嗯嗯嗯嗯。

安安：哈哈，你不要呻吟啦～

（頓，隨即兩個人都笑了。）

安安：很高興認識你，下次再來聽你演奏。

寂寞寂寞不好

（安安離開，走到一半隨即折返。）

安安：對了，我忘了說，你眞的很酷耶。

John：謝謝。

安安：你不要因爲口吃就自卑喔。

（頓，有點尷尬，安安自覺説錯話。）

（John 吹出了個放屁的聲音表達抗議。）

（兩人都笑了。）

安安：好啦，掰。

（安安離開，走到一半時停住，若有所思，稍頓片刻後隨即折返。）

安安：對了，我剛剛有句話忘記問你。那個……那個那個……欸對了，你相信一見鍾情嗎？

（頓，有點尷尬。）

（隨即兩人都開懷地笑了，不可遏抑的程度有如笑場。）

John：我……我相相相相相我相相相相……我相信。

安安：哈哈，酷喔。

John：嗯嗯嗯。

安安：我也相信。

John：噢。

安安：但我們不能跳過確認這個步驟。

John：所所所所所以⋯⋯

安安：所以我們要確認。

John：喔。

安安：你打招呼會很誇張嗎？

John：不不不⋯⋯

安安：你喜歡裝熟嗎？

John：不不不⋯⋯

安安：你會在情緒不到時先裝 high 嗎？

John：不不不⋯⋯

安安：如果你看到小小的 101 閃了兩下，你會怎麼做？

John：嘘⋯⋯

安安：太棒了！你有什麼興趣嗜好啊？

John：吹。

安安：哈哈哈，你很會吹齁～聽起來怪怪的～

（John 吹了一下薩克斯風表達抗議。）

安安：好啦好啦，我知道你說的吹不是譬喻，你是真的會吹。

（John 又吹了一下，安安仔細聆聽。）

安安：什麼意思？

（John 又吹了一小段。）

安安：OK，這樣我就懂了。

（John 又吹了一小段，安安仔細聆聽。）

安安：好啦好啦，你不用再解釋了，你真的很好笑耶。你不用怕別
　　　　人沒注意到你啦。當你即興的時候，你就是世界最迷人的角
　　　　色，大家都會注視著你，沒有任何一個人會忽視到你的存在。

（John 開始吹奏回應，此時阿尼走了出來，筆直地朝 John 所在的方
向走去，並直直撞了上去。）

阿尼：抱歉，我剛剛沒有看到你。

（阿尼說完後立刻準備離去。）
（John 吹奏，很吵，表達抗議。）
（阿尼停了下來。）

阿尼：抱歉，他說什麼？
安安：喔，他剛剛跟你說「去你的」。
阿尼：幹嘛這樣？我說抱歉了耶！

（John 吹奏。）

阿尼：他說什麼？

安安：他說他覺得你是故意的。

阿尼：（對安安）跟他說我真的沒看到他。

安安：（對 John）他真的沒看到你。

（John 吹奏。）

阿尼：他說什麼？

安安：他跟我說我不用翻譯你的話，他聽得懂你在講什麼。

阿尼：你們有病啊！

（John 吹奏。）

安安：他說他不跟你計較了。

阿尼：有毛病。

（John 開始吹奏，長了些，起初很抒情但越來越瘋狂。）
（安安正要翻譯時，忽然呆掉，癡癡望著 John。）
（頓。）

阿尼：現在是怎樣？

（頓，安安繼續望著 John。）

阿尼：你入定了喔？他說了什麼啊？

（頓。）

阿尼：他剛剛說什麼？你翻譯啊！

（安安回神。）

安安：喔，他剛剛說，他不計較了，他什麼都不計較了。

（頓。）

安安：他剛剛跟我說，他想他戀愛了。
阿尼：跟我嗎？
安安：不是你，但那個人現在離你很近。

（頓。）

安安：是我。

（安安撲向 John 和他擁抱。）
（John 邊擁抱邊吹奏，薩克斯風聲繚繞舞台。）

阿尼：

安安很開心地遇見了人生的第一段戀情

這段短短又沒有高潮的愛情故事，將由我來說

因為安安從來不講她自己的愛情故事

她只講別人的故事

她自己的故事只好由別人來講

別人可以是任何人

但今天是我

我是誰

哲學家可以用十本書證明這個問題的有效性

音樂家可以用十個小節告訴你答案

畫家可以用十段線條給你感覺

我可以用十個字告訴你

這不重要

五六七八九十

安安她討厭假 high
受夠了一切瘋狂下的一成不變
受夠了胡鬧下的井然有序

這個世界的一切都是快速、快速、快速！
所有的情緒都被渲染到最大、最大、最大！

安安，她喜歡走得慢慢
喜歡味道淡淡
天天把慘慘的事都看得爛爛
她散散的走，像條懶懶的狗
點點的星光下牽起 John 暖暖的手

對，她愛上了口吃 John
口吃不會太吵，安安就是討厭太吵
口吃反常，安安就是喜歡反常
口吃 John 是我擅自幫他取的綽號
他應該會希望我說他是一個
藍調詩人

（John 獨奏了一段，阿尼同時繼續說著。）

John 連話都說不清楚
聽他說話有點辛苦

他的秒針比別人慢

他一句話的句號永遠到不了

但安安就是愛這種步調

以上與未滿之間，not yet，安安覺得很浪漫

什麼誰的一小步人類一大步安安從來不在乎

每個人都在趕時間，都在比誰跨得比較大步

安安覺得人生應該是

小步

舞曲

（安安和 John 在咖啡桌旁聊天。）

John：你⋯⋯你⋯⋯你⋯⋯你好⋯⋯

安安：你在跟幾個人講話？為什麼要說四個你？

John：你好⋯⋯好⋯⋯好

安安：我很好。

John：你好壞。

（安安笑了。）

阿尼：

沒有人知道 John 有沒有要搞笑

但總是把安安逗得哈哈大笑

這比時下的帥哥型男更引起安安的好感

怎麼解釋呢

這是一種很好的……好感

因為 John 是一個很怪的……怪咖

安安並不知道

她正一步步走入某個陰謀當中

（頓，阿尼彷彿說溜嘴了，搗住嘴巴，並偷偷瞄觀眾。）

噢，被你們知道了

唉，知道就算了

既然都說溜嘴了

我乾脆就再多說一點

這個陰謀其實是主事者的一個實驗

在這陰謀的真相被揭露前，會有點浪漫，有點心酸

但這一切都只會停留於──

揭露以前

安安不知身處險境

此時還渾然不覺地沉浸在愛河當中呢

（安安和 John 出現在沙發區，安安手中拿著碼錶。）

安安：今天要玩的遊戲非常有趣。

John：OOOOOOOOK。

安安：來，跟我念一遍，吃葡萄不吐葡萄皮，不吃葡萄倒吐葡萄皮。

John：吃葡萄吃葡萄——

安安：等一下，我先計時。（安安設定一下碼表）好，開始。

John：吃葡萄吃……吃葡萄吃……吃葡萄吃吃吃吃吃吃吃吃吃吃
吃吃吃……

（燈漸暗。）

（燈漸亮。）

（燈亮時安安已經倒在桌上昏昏欲睡，快要撐不住了。）

（John認真誠懇地念著，看到昏沉的安安，自覺像個做錯事的小孩。）

John：吃葡萄吃……吃葡萄吃……吃葡萄吃葡萄吃葡萄吃……

（安安打了個哈欠。）

（燈漸暗。）

（燈漸亮。）

John：葡萄葡萄……

安安：葡萄怎麼樣？

John：葡萄皮！

安安：停！三小時十八分鐘零九秒。

John：耶！

安安：耶！你做到了！

（兩人擁抱，陷入狂喜。）

阿尼：

無聊的遊戲，愚蠢的情話，這就是熱戀啊

他們像是沒有明天地那樣玩開了

碎嘴和薩克斯風，他們一言一語，像是交換著生命的秘密

一切的一切都看似很美好

彷彿塵埃落定

其實塵埃根本不會落定

因為遲早又會吹來一陣風

安安不知道的是前方有個路口

一台卡車正急駛而來

安安沒有察覺這個陰謀也不能怪她

就像正常人不會隨時覺得自己被監看

很少人走路走到一半會無故回頭的

回頭後發現每個路人都在做自己的事情

隨後又開始懷疑上一秒是不是大家都還在監看你

這樣很怪

長久以來 John 和安安都用樂器和語言溝通

他們的對話也總是能繼續下去

但是 John 有了不同的想法

畢竟在安安看來很美的

John 可能覺得是缺憾

（John 和安安區燈亮，阿尼走到他們旁邊。）

（John 以薩克斯風和安安溝通，阿尼爲觀眾做即席翻譯。）

阿尼：（在 John 吹奏後即席翻譯）你到底知不知道我在表達什麼？

安安：我知道啦。

阿尼：（在 John 吹奏後即席翻譯）好棒，你都知道我說的是什麼。

安安：我不知道啊。

阿尼：（在 John 吹奏後即席翻譯）你不知道？

安安：當然不知道啊，又沒有文字。

阿尼：（在 John 吹奏後即席翻譯）什麼？

安安：我不知道你說的內容是什麼，但我知道你產生的效果。

阿尼：（在 John 吹奏後即席翻譯）喔？

安安：效果是開心、浪漫、隨性。

阿尼：（在 John 吹奏後即席翻譯）我不要這樣。

安安：什麼啊？

阿尼：（在 John 吹奏後即席翻譯）我要你懂我。

安安：我懂啊。

阿尼：（在 John 吹奏後即席翻譯）那我是怎樣的人？

安安：你是節奏詩人。

阿尼：（在 John 吹奏後即席翻譯）我不要聽這個，我要聽內在的東西。

安安：我懂你，你就是……就是就是……神秘。

阿尼：（在John吹奏後即席翻譯）你剛剛說懂我，現在卻又說是神祕？

安安：很酷吧？

（頓。）

（John把薩克斯風放下，阿尼同時離開兩人的對話區。）

John：了⋯⋯了⋯⋯了解了了。

安安：嗯？

John：我⋯⋯我⋯⋯我⋯⋯想要⋯⋯要⋯⋯

安安：關鍵字，講關鍵字，我會找到意思。

John：原來你⋯⋯你⋯⋯把我當⋯⋯

安安：講關鍵字啦。

John：Goo⋯⋯goo⋯⋯

安安：我把你當 goo ？

John：gooooo⋯⋯

安安：咕咕咕？公雞？

John：Google。

安安：我把你當 Google ？你不要生氣嘛，你講關鍵字我會找到意思的。

John：我⋯⋯我⋯⋯

安安：你不要說話啦，你用吹的，我喜歡你吹出來的藍調，超好聽。

John：You⋯⋯you⋯⋯you⋯⋯

安安：我？我怎麼啦？幹嘛忽然講英文啊？

John：You⋯⋯you⋯⋯

安安：我怎樣？

John：Youtube。

（頓。）

John：Youtube 上很多。

（頓。）

John：不需要不需要不需要不不不……不需要找我。

（安安不明所以地望著 John。）
（樂手們開始演奏一首憂鬱的曲子。）

阿尼：

這是他們第一次吵架，應該是吧

老實講，安安還滿愛的

但是 John 很憂鬱

他吹奏了一個晚上，用薩克斯風發出了前所未見的噪音

他想表達的只有三個字，我難過

（瞬間忘情高唱）我難過的是放棄你、放棄愛、放棄的夢被打碎，
忍住悲哀～～

咳咳

吵了一個晚上，黎明前安安用一首歌說服 John 其實她很懂他
那首歌叫做──＜其實你不懂我的心＞

（阿尼作勢要唱，但止住了。）

沒有要唱。

但 John 還是很在意自己無法像一般的情侶一樣和安安聊天
他羨慕吃飯時聊天的情侶
熬夜講電話的情侶
講些色色的話的情侶
但對安安來講
他們的溝通很不穩定
因爲即興，所以美麗

說穿了，都只是一種迷戀
迷戀耽溺
迷戀光陰
迷戀神秘
迷戀……

而「陰謀」這兩個字
似乎還是離安安遠了些

（安安和 John 正在某張圓桌吃飯，靜默無言。）

（安安忽然開口講話。）

安安：陪我到廁所一下。

John：幹——

安安：幹嘛？

John：對。

安安：陪我跳舞。

John：幹——

安安：幹嘛去廁所跳舞？

John：對。

安安：因為我想跳舞。

John：現……現……

安安：對，就是現在。

John：去……哪？

安安：就在這！

John：幹——

安安：幹嘛在這裡？

John：對。

安安：因為我現在就想跳。

John：我……我們去……去……公園。

安安：好哇，走！

John：我……我吹……

安安：你吹薩克斯風，我跳舞？

John：對。

安安：不行，我要和你一起跳舞。

John：沒沒沒……沒……

安安：沒有音樂？

John：對。

安安：我們就用你吹出的音樂來跳舞，跟我走！

（安安拉著 John 走了出去。）

阿尼：

我不太喜歡我扮演的角色，好像就只是串場

講一個別人的故事

但沒有別人來講我的故事

像是課堂上做簡報的學生

他會告訴你

牛頓說什麼

馬克思說什麼

羅蘭巴特說什麼

柴可夫斯基說什麼

說了一堆別人說些什麼，好像他自己不在場一樣

（燈光轉換。）

（燈光轉換中，安安和 John 再度走出來，John 拿著薩克斯風。）

喂！我還沒講完啦！喂！喂！

（燈光轉換完成。）

馬的。

（燈光照射在安安與 John 的區域，阿尼只能在燈暗處看著他們。）
（John 開始吹奏，場邊的樂手們一起加入演奏，奏出的曲樂極其浪漫。）
（安安拿著錄音設備和收音麥克風對著薩克斯風開始錄音。）
（演奏到了一個段落，安安按下錄音停止健，微笑深情地望著 John。）

安安：OK，都錄好了。
John：嗯。

（望著彼此，兩人都笑了。）
（安安拿出一個耳機，一人戴一邊。有礙於耳機線長度有限，兩人貼得很近。）

安安：我要按 play 了喔。
John：嗯。

（安安和 John 開始跟著音樂輕輕搖擺著。）
（舞台在燈光的照射下彷彿一個公園，又像是一個舞池。）
（昏暗的燈光下，John 吻了安安。）

（樂手們看著他們像看著電影，有的痛哭流涕，有的甚至拿出了爆米花。）

（有人無聊到睡著了。）

（接近樂曲的尾聲時，阿尼走出來，樂手演奏的旋律轉變成一種詭譎的氛圍。）

阿尼：

安安並不知道她現在的處境非常危險

浪漫的人把所有顏色簡化成紫色與粉紅

而一頭虎視眈眈的狼正覷覦著安安的靈魂

安安很果斷，不猶豫

因爲她的人生就是場即興遊戲

而這一切不過是「看似主動的被動」

安安將會是個「看似加害者的被害人」

你們聽不懂我在講什麼

很正常，因爲我也不懂

我是被叫來講這些什麼鬼的

就像你們之前也不會知道

這是安安和 John 的第一支舞

也是最後一支

（安安和 John 的區域燈漸暗。）

（燈全暗。）

（音樂聲停。）

後來，John消失了
他跟安安說，他要去海外的街頭巡迴演出
告訴你們一個祕密，你們不要講出去
其實他是去海外找能治口吃的醫生
這是John第一次騙人
當然囉，話都講不完怎麼騙人
騙人說他沒有口吃嗎
我……我……我……沒有口吃
你會信嗎
如果危機會是轉機
但奇蹟可能會是什麼
一個口吃的人開始跟你說故事，這算是嗎

（樂手們奏起狂歡的曲調，阿尼隨著音樂下場。）
（John出場，走向小舞台的麥克風，面容神色意氣風發。）

John：
哈囉！大家好！我是John，約翰。
叫約翰的人都很有成就。
施洗約翰
約翰藍儂
約翰屈伏塔

約翰走路

哈哈

同理，名字結尾是基的，都很受歡迎
柴可夫斯基
杜斯妥也夫斯基
奇士勞斯基
柯基

哈哈，如果你笑了
那就是我第一次開口講笑話
學會講話第一天，我急著去跟街上每一個人說話
我跟水果店老闆娘說：「我喜歡你的捲髮！」
我和流浪漢說：「哈囉！今天天氣超棒的！」
我對路上的狗說：「羨慕我嗎？這就是人生啊！」
我還和搖珍奶的美眉說：「You are so hot！」

Hi，你好
小心！有狗屎！
你長好醜，來打我啊！
吃葡萄不吐葡萄皮，不吃葡萄倒吐葡萄皮！
兩秒講完，還可以倒著念，
皮萄葡吐倒萄葡吃不，皮萄葡吐不萄葡吃！

洗澡時我說：「我在洗澡。」
跑步時我說：「我在跑步。」
神啊！原來喘氣時講話這麼不舒服啊！真有祢的！
我不要讓嘴巴停下來，
因為沉寂了幾十年後，
它甦醒了。

但我最急著見到的人還是你
我要和你去電影院竊竊私語
我要和你去圖書館大聲喧嘩
我還要告訴你到底有多可愛
我不用只是微微看著你
我可以開口告訴你
你的眉毛你的耳垂你的臉頰你的下巴
我可以說出他們的形狀
我要說出愛情的模樣
我聽了一輩子的噁心的肉麻話
現在我要親口跟你講
我要親口朗誦對你寫過的每一封情書
我愛你

（安安走出來。）

安安：你說什麼？

John：我說我愛你。

安安：什麼？

John：我愛你。

安安：你可以說話了？

John：對！

安安：發生什麼事了？

John：奇蹟找上了我。

安安：我不懂。

John：我在國外找到了一個密醫。

安安：你去國外找醫生？

John：他很貴，但他醫好了我。

安安：但是你說……

John：抱歉，我向你說了謊，我想給你驚喜。

安安：OK……

John：我好了！

安安：嗯。

（頓。）

John：你今天看起來很亮。

安安：我今天看起來很亮？

John：光彩奪目。

安安：為什麼要跟我說這些？

John：因為我從來都沒對你好好說過。

安安：說些什麼啊？

John：我要跟你說，我喜歡你的眼睛，你的眼睛會說話。

安安：謝謝，你的嘴巴也很會說話。

（頓。）

John：現在一切都很好了，我們可以像他們一樣了。

安安：像他們怎樣？

John：你超正！

安安：John，我不喜歡這樣。

John：不喜歡怎樣？

安安：我不喜歡你告訴我我的眼睛像什麼，我的個性像什麼，也不用告訴我哪裡吸引你還有我有哪些優點。

John：當然要告訴你。

安安：為什麼要告訴我這些？

John：因為我能說了啊。

安安：不用說啊！

John：那都是我的真心話！

安安：那些話上網就有了。

John：我說的都是真的。

安安：那些最真的東西，說出來就不見了。

John：你為什麼要這樣對我？

安安：你懂嗎，當你一個字都不用說就能讓我開心大笑的時候，你又何必要開口對我講一個笑話？

John：我要你懂。

安安：不懂的人是你。

John：那你讓我懂啊！

（頓。）

John：每一次我吹奏給你聽，都只是在遮掩我內心的遺憾。

（頓。）

安安：你怎麼有錢去看那個醫生？

（頓。）

安安：不會吧。

（頓。）

安安：John，你為什麼要嚮往那些人？他們很吵因為那是別人教他們的，我們就即興啊！

（頓，John 有點不知所措。）

John：我……我……我……

安安：不要演了，告訴我發生了什麼事。

（頓。）

John：我把它給賣了。

（其中一個樂手尖叫了出來。）
（樂手們開始演奏一首有點童話氛圍的——輓歌。）
（阿尼走了出來。）

阿尼：
這是他們第二次吵架，毫無疑問
台北的天空下起了雪，路上塞滿看雪的人
星星亮了，但安安哭了
那一切溫柔宛如都被丟在了昨日
而昨日像什麼？
昨日像那東流水，離我遠去不可留，今日亂我心多煩憂
天很黑，風很涼
忽然一陣，愛如潮水

（忘情唱出）我愛的如潮水～愛如潮水將我向你推～～
　　　　　　緊緊跟隨～愛如潮水他將你我包圍～

咳咳。

寂寞寂寞不好

John 花了一個晚上好說歹說安慰安安

安慰了一個晚上，黎明前安安用一首歌告訴 John 原來他不懂她

那首歌叫做——〈開始懂了〉

沒有要唱。

黎明後，雪開始融化

台北城又恢復原本的喧囂

捷運

交流道

快速道路

我不知道安安是走哪條

總之

她再也沒有回來了

（燈暗。）

（燈亮時，安安一人站在小舞台上。）

（樂手除了依林與翔哥都已經撤掉了。）

安安：

台灣

一個到處在製造高潮的地方，

前陣子，街上發生了動亂。

石頭

盾牌

拒馬

汽油彈

我忽然很想跳舞，

很想聽一首 blues。

應該要出現個吹笛手，大家都跟他走，

無奈大家都跟著的那個人，

吹的是氣鳴喇叭。

說到遊行抗爭，我想到，
前陣子我下捷運的時候，看到一隻流浪狗，
牠可能餓了很久，瘦骨嶙峋，
牠脖子上掛了一個牌子，寫著，我是人，我反核。
很顯然，牠是遊行的時候跟主人走丟的。

這隻狗好像跟我很投緣，我手指頭對牠勾一下，牠就跟了上來。
一路上，我走一小步，牠也走一小步。
我跑起來，牠也跑起來。
我們肩並肩著走，像是朋友，
就這樣，牠跟著我走了半小時，從機場走到了東區。
終於，我走到了我停機車的地方，我得騎機車走了。
我坐上機車後看著牠，對牠說了聲，好囉，就這樣囉。
牠眼巴巴望著我，似乎疑惑地問著，就這樣？要走了嗎？

忽然，我用手指了遠方，
在牠撇頭的那一瞬間，我催快了油門，揚長而去。
牠追了上來，我也分不清楚是牠越跑越慢，還是我越騎越快，
總之，牠越來越遠了。

這一路，牠跟我走了半小時，
我知道牠永遠回不去原來的地方了。

如果你們最近有看到一隻流浪狗，

脖子掛著牌子，寫著我是人，我反核，
請記得要好好對待牠。

請以領養代替購買。

（安安走向鍵盤手依林。）

安安：只剩你一個人了嗎？

依林：對啊。

安安：其他的樂手呢？

依林：下班了。

安安：你怎麼看起來這麼憂鬱，心情不好喔？

依林：我被男友甩了。

安安：天啊，還好嗎？

依林：有點憂鬱。

安安：是喔。

依林：硬是要憂鬱。

安安：很時尚嘛。

依林：你要不要聽我秀一段有關葡萄的繞口令？

安安：喔，好啊。

依林：好，來囉。（清了一下喉嚨，用很耍帥的動作語氣說出）不
倒翁他不倒，因為不倒翁吃葡萄，葡萄不倒翁吃不到，葡萄
倒吃不倒翁。

（頓。）

安安：唉呦，還不錯耶。
依林：帥喔，老皮。

（依林兀自彈了一下自己的鋼琴。）
（安安離開依林，走向翔哥。）
（翔哥本來正在看蘋果日報，發現安安走近後，放下手邊工作，開始 stand by，準備打招呼。）

安安：Hi，翔哥。
翔哥：Ａ嘿～安安妹，什麼風把你吹來啦？西風？北風？西北風？好久不見！
安安：真的好久不見。
翔哥：雖然好久不見，但是……嘿！不見不散啦！

（頓。）

安安：最近在忙什麼呢？
翔哥：忙著顧店啊！
安安：生意都好嗎？
翔哥：還可以囉。
安安：那就好。
翔哥：怎麼樣？那要不要來玩玩我發明的新遊戲？

安安：好啊。

翔哥：最近發明的新遊戲超酷的，就是⋯⋯嘿！成語接龍啦！

安安：以前玩過了啦。

翔哥：是喔？沒關係沒關係，還有一個新的，就是⋯⋯嘿！瘋狂二選一！

安安：翔哥，我今天來想講點心事。

翔哥：當然當然，請說。

安安：我覺得自己最近都在鑽牛角尖。我不想去做覺得該做的事情，我想追求一個即興遊戲。我冥冥之中知道那條對的路在哪裡，但我又想要即興亂走。

翔哥：完全正確。

安安：哪個完全正確啊？

翔哥：你說的完全正確。

安安：我說了兩個相反的東西啊，哪一個完全正確啦？

（頓。）

翔哥：嗯，應該有一個完全正確。

安安：了解。

翔哥：我跟你講，最近有些年輕人來我的酒吧裡拍短片，導演和幾個年輕人正在拍攝「快樂做自己」。服裝設計幫演員們找了超漂亮的衣服還有項鍊裝飾，導演超厲害的，一直指導演員說：「手舉高！手舉高！右邊那個站正，紅頭髮的美眉你要三七步，好，笑，大家要笑。喂喂喂，滑板怎麼倒下來啦，塗鴉誰

塗的啊？醜死了，一點都不叛逆。好，數到三，大家一起跳！」
數三後，一群年輕演員一起跳得超高大喊「快樂做自己」！我
那刻眞的好感動。I feel I can fly ！ I feel I can touch the sky ！

安安：翔哥，我很喜歡你的分享。

翔哥：沒有問題。

安安：嗯。

翔哥：一言爲定。

（翔哥和安安擊掌。）

（擊掌後陷入短暫寂靜。）

翔哥：好啦，那我先去忙了。

安安：好，又要去算帳了嗎？

翔哥：沒啦，我老婆要找我算帳。

安安：嗯，好，祝福你。

翔哥：好喔，掰啦。

安安：掰掰。

（翔哥區燈漸暗，安安回到小舞台。）

我好累，我好想你，
我那天根本不想走，但我還是走了。
我自己也不知道爲什麼，
離開之後，我很想再給你一個解釋，

我還是很愛你。

我只是想要一個誇張的微笑，

想要一個安靜的尖叫，

你就是怕安靜的尖叫我聽不到，

但你爲什麼不肯相信我？

（阿尼忽然衝出場打斷安安的發言。）

阿尼：好了好了我受不了了！停！

安安：你誰啊？

阿尼：我是說你故事的人，你說了自己的故事，那我要幹嘛？

安安：這不關你的事吧。

阿尼：說些別的，你的事留給我來說。

安安：我在講話，你不要煩啦。

阿尼：你不把故事留給我說，我就不用存在了。

安安：你可以說自己的故事。

阿尼：我沒有故事。

安安：怎麼會沒有故事？

阿尼：你不會想知道的。

安安：什麼鬼啦！

（頓。）

阿尼：等一下你就會知道，不說比較好。

寂寞寂寞不好

安安：哈哈，你該不會還在想理由吧。

阿尼：理由就是，作者沒有寫我的故事。

安安：什麼跟什麼啊？

阿尼：我們都只是角色，我們是被寫好的。

安安：聽你在鬼扯。

阿尼：是真的。

安安：你想把我笑死嗎？寫好的？我表演的是脫口秀耶。

阿尼：第一版故事你不是講脫口秀的，你是演脫衣秀的，但作者嫌你太胖。

安安：我太胖？

阿尼：五十五公斤，有長股癬。

安安：屁啦，才沒有咧！

（頓，安安不自覺地拉了拉自己的褲子，有種心虛的感覺。）

安安：你怎麼會知道？

阿尼：角色介紹裡面有寫。

安安：我沒話講和拼命想話題……

阿尼：寫好的。

安安：我每次即興出來的笑梗……

阿尼：寫好的。

安安：靠！

阿尼：寫好的。

安安：屁啦！明明就是即興的。

阿尼：因爲作者把你寫成一個即興的角色。

安安：唬爛。

（說畢，安安瞬時來了段「飛天十三響」，此乃一連串快速與華麗的十三拍京劇動作。）

安安：哈哈，怎麼樣，這個你就沒想到吧？

阿尼：眞有你的。

安安：作者也有寫這段？

阿尼：你還會再笑三聲。

安安：哈、哈、哈。

（頓，安安笑完忽然有點害怕。）

阿尼：什麼都是假的，你嚮往一個即興的人生，但你以爲逃脫的了這一切嗎？

安安：太扯了。

阿尼：（搶在安安講之前說出）說你覺得有點扯。

安安：太扯了。

阿尼：（搶在安安講之前說出）再說一次。

安安：眞的太扯了。

阿尼：（搶在安安講之前說出）你想哭。

安安：我想哭⋯⋯夠了！不要一直把我心裡的話先講出來！你怎麼知道？

阿尼：我是負責講你故事的人，我研究過你。

（頓。）

安安：你不要惹我。

阿尼：怎樣？

安安：我盡量在保持風度囉。

阿尼：罵句髒話吧。

安安：靠，真是個狗娘養。

阿尼：的。

（頓。安安不喜歡阿尼改她的句尾。）

安安：是狗娘養。

阿尼：的。

（頓。）

阿尼：說「的」，乖。

（頓。）

安安：的。

阿尼：整句說。

安安：狗娘養「的」。

阿尼：乖。

（頓，安安頓時覺得毛骨悚然。）

安安：到底怎麼回事？你到底是誰？

阿尼：我忌妒你。我忌妒你有自己的故事而我沒有。你盡是講一些有的沒的爛笑話但觀眾越來越想知道你的故事，他們對你好奇！而我只能講你的故事但我什麼都不是，連故事第一頁的角色介紹都特別強調，你要比我漂亮！我忌妒你，打從心裡忌妒你。你總是雲淡風輕又充滿感情，可以在劇中來來去去，我想要看你傷心，我羨慕你、羨慕到有點討厭你！

（頓。）

安安：不要這樣，你也很漂亮。

阿尼：不重要了！

安安：這種爛作者，我們不要鳥他。

阿尼：你從頭到尾都在鳥他。

安安：我唾棄他。

阿尼：你想念他。

安安：我不想念他。

阿尼：你想念他。

安安：我幹嘛想念他？

阿尼：你愛過他。

（長頓，安安若有所思。）

安安：作者是誰？

（頓。）

阿尼：作者是 John。

（頓。）

安安：你是說……John 是作者？
阿尼：我是說……作者是 John。
安安：作者是 John？
阿尼：對，那個你不斷提及與思念的人。
安安：作者是 John？我不懂你的意思……他讓我愛上他然後要逼我
　　　離開他，他寫下了我，寫下我愛上了他，然後寫下我離開了
　　　他再不斷思念他？
阿尼：嘿啊。
安安：為什麼？為什麼他要這樣？
阿尼：啊災。
安安：天啊！他幹嘛這樣啊？
阿尼：他就是這樣，他就是 John。

安安：他寫下了一切，包括 55 公斤？

阿尼：就是這樣。

安安：Fuck John ！

阿尼：Fuck John 這個橋段沒有寫在戲裡，這戲是普遍級的。

安安：靠……我做錯了什麼嗎？

阿尼：你沒有做錯，其它的你不要問我嘛，我又不知道，我只是個……

（頓。）

阿尼：嗯，說書的。

（燈暗。）

（輕柔的音樂進，有些民謠的風味。但已非現場的演奏，而是事先錄好的音樂。）

（燈再亮時，只剩阿尼一個人在小舞台上，對著直立式麥克風。）

阿尼：

終於，我取代了她，站上了這個位子。

我終於拿到了這支麥克風。

耶，這是我的麥克風。

這是我的麥克風……

（阿尼依戀地抱著麥克風，像是完成了畢生的夢想。）

我還在考慮要怎麼使用這支麥克風，

講個笑話？

唱首歌？

說個自己的故事？

（超快速）吃葡萄不吐葡萄皮，不吃葡萄倒吐葡萄皮！耶！

我也可以講主角的台詞，超棒！

耶～～～！

（阿尼愉悅地看著麥克風，一陣寂靜。）

唉，要是麥克風自己能跟我講講話就好了。

（一小段寂靜。）

很奇怪的感覺，我這輩子都在想像能站上這個小舞台，

但我真的站上來的時候，又好像沒那麼開心。

我忌妒安安，但當她真的被擊垮的時候，

我又有點心疼，希望她可以成功。

我忽然想到了那個叫做李子超的中年人，他還在捷運站聽著電腦語音微笑嗎？

他成功了嗎？

我想到了蛋女孩，她還在找著男友變淡的愛嗎？

我想起了希斯萊傑。

想起了羅賓威廉斯。

他們得到他們想要的了嗎？

子超俱樂部，那是真實存在的嗎？

回到安安的問題好了，

作者是誰？

作者是 John。

John 還有其他的名字，你可以叫他是基因、體制、國籍、膚色、性別、星座、血型、或是⋯⋯John 就是你的童年⋯⋯這就是作者，或是，你也不需要知道這麼多，你只需要知道⋯⋯

作者是 John。

安安很年輕，還不懂很多道理，

很容易感動莫名。

搞不懂該加多少代糖和奶精，

還不會衡量愛與恨的天平。

太年輕，我們即興。

因為誠意。

因為情非得已。

寂寞寂寞不好

因爲情不自禁。

一開始我們批評他們，都是他們，
認爲我們就是被他們給敗掉的。
接著，我們發現原來我們是敗給了自己。
最後，我們發現，
我們敗給了什麼，
我們根本不知道。

安安花了很長一段路，才了解這個道理，
她眞的差一點就要放棄了，
安安最後選擇暫時擱置輸贏的問題，
繼續她的旅程。

她最後還是踏上了尋找 John 的路途，
她很後悔當初離開 John，
人爲什麼要去離開他所思念的對象呢？
沒有道理嘛。

她是這樣說的：
John 這樣搞實在太高段了
她承認自己不如 John，卻又如此想他
那就不如這樣吧
她要繼續去尋找她魂牽夢縈的

Blue John

臨走前她和我講了一堆……
總歸一句，
沒在怕的。

Blue John
曾經的深情，他給了誰？
他給了安安。
一齣戲的 ending，他給了誰？
他給了我。

故事到了這裡即將急轉直下，
你們一直在等待卻始終「到不了」的那一刻，
現在到了。

對了，我叫阿尼
Time to say goodbye
後會有期了，
掰掰。

（Follow 燈打在阿尼身上，阿尼成為全場唯一焦點。）
（阿尼以一個戲劇性與瀟灑的姿態，向觀眾告別。）
（燈漸暗。）

寂寞寂寞不好

（燈全暗。）

（全劇終。）

Dear God

人物

父親 —— 男，四十多歲。

女兒 —— 女，十七歲，父親的女兒。

警察 —— 男，三十多歲。

奶奶 —— 女，九十出頭，警察的奶奶。

男人 —— 男，三十多歲。

A　　—— 男。

B　　—— 男。

C　　—— 女。

註明：女兒和奶奶由同一位演員扮演，女兒
　　　戴頂假髮，即成奶奶。

舞台

寫意的空間，宇宙中的任何一角。

（父親坐在椅子上，抬頭，看見走近的警察。）

父親：找到了嗎？

警察：還沒有。

父親：那快去啊，怎麼還在這？

警察：是這樣的，陳先生，我們⋯⋯那個⋯⋯

父親：直接說。

警察：我們又接獲一名叫做陳曉佩的女士報案，她說她有點⋯⋯困擾。

（頓。）

父親：為她遺憾。

警察：那名叫陳曉佩的女士，說你加了她的臉書，每天寫信給她，你不斷講些我很想你之類的話，她不勝其擾。

（頓。）

警察：你不能把網路上所有的陳曉佩都找一遍。

父親：破曉的曉，人字旁的佩，是嗎？

警察：陳先生……

父親：她我女兒啦。

（頓。）

警察：陳先生，我們希望你……

父親：好久沒見，她都好嗎？在學校有被人欺負嗎？有乖乖去補習嗎？找到媽媽了嗎？幫我跟她說，我很想她，快回來吧，媽媽走了，只剩我們了，不要再生我的氣了。

警察：陳先生，這位曉佩已經四十幾歲了。

（頓。）

父親：噢，曉佩已經長這麼大了？她離開我的時候才十七歲……

警察：陳先生，這已經是一年來的第八十個陳曉佩了。

（頓。）

父親：真是驚人啊。

警察：你的陳曉佩已經死了。

父親：不要跟我講這個。

警察：陳先生，我們理解你處境的悲哀，但希望你能夠節制。

父親：節制？我他媽寫信給女兒需要節制？她離開那一晚，我打了十九通電話她都不接，十九通，我知道她在電話旁邊看著電話響，但她不接。

（頓。）

父親：她就這樣走了，不再回來。我一天一封，一天十封，只是希望她跟我說一句「我都好」，這樣的請求很卑微吧？結果她竟然回信說「夠了」、「請自重」！是誰該不爽？是誰該節制？這世界不懂得善待卑微的人嗎？發生什麼事了！

警察：陳先生，她死了。

（頓。）

父親：少跟我來這套。

警察：她死了。

父親：又來。

警察：她死了。

父親：哼，我猜你下一句話又要跟我說，她死了。

警察：她死了。

（頓。）

警察：一年前的晚上，你女兒屍體被發現在橋下，被裝在垃圾袋裡。

寂寞寂寞不好

（頓。）

父親：這是年輕人的角色扮演嗎？

警察：她被殺了。

父親：誰做的？

警察：不知道。

父親：不知道誰做的跟我說是被殺的？

警察：還有破案的機會。

父親：我不信你們了。

警察：希望你耐心等候。

父親：這不對。

警察：請你不要再寫信給別人了。

父親：你管太多了。

警察：別再寫信給陌生人了！不然我可以將你逮捕！

（寂靜。）

父親：我希望你們有天都能體會我的痛苦，知道什麼叫做失控。如果你們連承擔一天十封信的能力都沒有，那我怎麼辦？如果他們回個信的施捨都沒有，那我可以殺人嗎？你現在他媽的叫我節制，他媽要將我逮捕？逮捕，我有聽錯嗎，逮捕？我犯了什麼錯？悲傷？軟弱？還是你準備要懲罰我害自己的女兒一去不回？

（頓。）

警察：陳先生，請勿再污辱公權力，請控制自己情緒。

父親：我因爲失控才有辦法活著，我他媽恍惚才勉強可以走直線。

你叫我清醒，我只要太清醒就想往下跳。

警察：同情與悲哀都不該無限上綱。

父親：我因失控和恍惚而活下來了。

警察：我們希望你清醒。

父親：我拒絕！

警察：我們希望你清醒。

（頓。）

父親：我想往下跳。

（燈暗。）

你被空白佔據了

（奶奶，是女兒戴上假髮所扮演的，她平靜地坐在安樂椅上，宛如雕像。）

警察：

奶奶，最近世界變得好奇怪。

它和我理解的，它和你告訴我的，不太一樣。

不是它變了，就是我變了。

你告訴我要伸張正義，我有，

但正義沒有伸張。

你還記得我是誰嗎？

你的眼睛是兩個空空的洞，

你被空白佔據了。

應該拿些什麼把它們填滿，

但你什麼都忘了。

奶奶，你先不要再流口水了啦。

你一直流口水，都變成一片湖泊了，

我們家沒有養小魚，不要再流口水了。

（警察幫奶奶擦口水。）

來，你的眼睛跟著我的手指頭動動看。

（警察伸出手指在奶奶面前來回晃動，奶奶毫無反應。）

你跟不上。
這樣子不行。
以前幫你梳頭髮，都梳得很漂亮。
最近梳完，梳子都長頭髮了。
你要被時間丟在後面了，
快跟不上了，
跑快一點，好嗎？

（警察蹲下，拾起奶奶的腳，開始做腳底按摩。）

這是刺激腦下垂體的穴道，
會痛嗎？
會痛跟我講一下，
痛嗎？

（警察用力連戳數下，奶奶皆無回應。）

寂寞寂寞不好

記憶力測試，下列哪一個不是罵人的話？
人心不古
寡廉鮮恥
人盡可夫
古聖先賢

（警察等待，奶奶沒有反應。）

奶奶，你被空白佔據了。
你就這樣被時間丟在後面了。
你的記憶體剝落得很華麗，
你扁掉了。

你扁掉了，但你還是幸運的。我今天遇到一位父親，他的女兒在一年前被殺了，兇手不詳。那名父親很無助，他在太清醒的時候絕望，他在太年輕的時候老。不像你，在失智的時候絕望，在將死的時候老，這是上帝給你莫大的恩惠，因為你是一個很好的人。

我遇過很多受害者，每個人都在問：「為什麼是我？」我常常在想該怎麼回答呢，為什麼是我？也沒為什麼吧，這種悲劇，當然可以是你，就像那也可以不是你。

（短暫的寂靜。）

奶奶，你眞的要把我忘掉囉？
你是個很好的人耶，眞的很好，
爲什麼偏偏是你要把我忘掉了⋯⋯

（警察用力戳奶奶的腳，奶奶毫無反應。）

我一定會把兇手給逮捕。
包括那名傷心的父親，如果他耽溺得太過分，
我也會把他逮捕。
我發誓會讓你醒來後的世界，
完好如初。

（遠方傳來下一場熱鬧的音樂。）
（警察四處張望，尋找聲音來源。）

他們開心得好吵。

（音樂越來越大聲。）

還是你覺得很安靜？

（奶奶沒有反應。）

還是你覺得很安靜？

寂寞寂寞不好

（奶奶沒有反應。）

希望你的內心一樣安靜。

（音樂聲越來越大，越來越大，震耳欲聾。）
（燈暗。）

（躁動的音樂中，ＡＢＣ三人蹲在角落，Ｂ瑟縮地在發抖。）

Ａ：起來。

Ｂ：我不太舒服，喘不過氣。

Ａ：起來，我們必須逃走。

Ｃ：我們在哪裡？

（Ａ抬頭張望，研究半晌。）

Ａ：可能是某個玻璃杯裡面。

Ｃ：玻璃杯？

Ａ：我們被罩住了。

Ｃ：難怪，他有幽閉恐懼症。

Ｂ：我有病，我有病。

Ｃ：沒關係沒關係，我們都有病才會在這。

Ａ：（抬頭看天）我們要逃走，這是一定的。

（A拿出五顏六色的藥丸，散落一地。）

C：這是什麼？

B：這是什麼！這是什麼！

A：冷靜點，這是逃走的秘密。

（B和C開始賞玩藥丸，同時七彩霓轟燈打出了五顏六色的光圈點點。）

A：這是讓人睡覺的、這是抗憂鬱的、管內分泌的、腦下垂體爆炸的、
　　腎上腺素溢出的、改變大腦迴路的……

C：草狀的、粉末狀的、顆粒狀的……

A：有的讓你 high，有的讓你 low，有的讓你一下 high 一下 low。

B：好啦！直接用！

C：用了就可以離開了嗎？

A：聽我說。

C：嗯？

A：可以。

（頓。B和C隨即陷入狂喜。）

B：耶！

C：耶！

A：耶！

B：我們吃什麼？我們吃什麼？

（Ｂ上前去翻找他想要的藥物。）

Ｂ：這是什麼！這是什麼！
Ｃ：（對Ａ）他好像太激動了。
Ａ：（對Ｂ）你先冷靜點。
Ｂ：這是什麼！這是什麼！
Ａ：讓你睡覺的，讓你開心的，讓你茫掉的。
Ｃ：哇！

（頓。）

Ａ：我們先從簡單的吃起，鎮定劑。
Ｃ：鎮定劑。
Ａ：讓我們冷靜下來，吃了連夢都不會做。
Ｂ：食夢錠！
Ｃ：好，我們很需要鎮定。
Ａ：我們太躁動了。
Ｂ：鎮定就可以離開了嗎？
Ａ：肯定是可以的。

（三個人吞下藥丸，噪動的音樂，轉爲一種低頻的焦慮音效。）
（漫長的沉靜中，他們安靜地體會藥效。）

Ａ：感覺如何？

B：（平靜地）好像有點……亢奮？

C：我也是耶。

B：馬上就要知道鎮定的感覺了，真是期待。

A：前所未見的感受。

B：太刺激了，爽！

（B摩拳擦掌，身體因興奮而碎動。）

C：看起來好像沒用。

A：太慢了！藥效太慢了！

B：我逃不掉嗎？我逃不掉嗎？

A：（對C）我們要幫他，讓我們祈求心靈的平靜吧！

（A牽起B和C的手，一邊吶喊，一邊跳躍。）

A：開始囉。

A、B、C：（同聲）鎮定！鎮定！鎮定！鎮定！

（頓。）

C：鎮定了嗎？

A：再努力一點。

A、B、C：（同聲）鎮定！鎮定！鎮定！鎮定！鎮定！鎮定！

B：有，我有感覺了。

Ａ：我也有。

Ｃ：鎮定囉！

Ｂ：耶！

（三人牽著彼此的手，又叫又跳又轉圈圈，陷入狂歡，擁抱彼此。）
（狂歡過後，是一段漫長的沉靜。）

Ｂ：原來鎮定的感覺是昏昏的。

Ａ：為了鎮定，我們會變笨，記憶力變差，整天都想睡覺。

Ｃ：（戳Ｂ一下）會痛嗎？

Ｂ：（過了幾秒）噢，痛。

Ｃ：這大概就是要逃的理由吧。

Ｂ：是什麼咧？

Ｃ：噢，痛。

Ａ：會變有點遲鈍，甚至大腦會被吃掉，這是逃跑的代價，甚至有
　　時候，會看到不同的世界。

（Ａ給Ｂ和Ｃ一顆藥丸。）

Ａ：沒有人可以又清醒又不焦慮的。

（三人宛如儀式般，把藥丸吃掉。）
（寂靜中，燈光轉換。）

Ｂ：（指向遠方）那是什麼！

Ａ：人造衛星。

Ｃ：一、二、三、四、五……北斗七星耶！

Ａ：你看看那兩棟。

（他們看向某個方向。）

Ｃ：好眼熟。

Ａ：那個時空，那是兩棟最猖狂的大樓，他們是地球上的插頭，連接大地與天際。

Ｃ：什麼插頭啦，好蠢。

Ａ：在那個星球，那是個悲劇。

Ｂ：（指向遠方）噢，那邊有一架飛機！

Ａ：那是一架民航機，從東方到西方，畫過天際，射入大樓內部，爆炸出一團繽紛的塵埃，塵埃在空中飄搖，永遠不會落地。

Ｂ：會很大聲嗎？我怕吵。

Ａ：你將再也聽不見。

Ｃ：（把眼睛遮住）好亮。

Ａ：你將再也看不到。

Ｂ：（開始咳嗽）好難聞。

Ａ：塵埃有毒。

（他們看向遠方，布幕上投射的黑色剪影中，民航機劃過舞台，撞上一棟大樓，形成一聲巨響，燈光劇烈閃耀，剪影爆裂成細小的塵埃。）

B：我看到了紅色、黑色、黑色、紅色、紅色、黑色、黑色、紅色……

C：我看到了一九三七一二一三、一九七二零九零五、一九九五零三二零、二零零一零九一一……

A：我看到了長槍、步槍、手榴彈、催淚瓦斯。

（寂靜。）

A：我看到怪手，把人吊死。橢圓形的彈頭，將城市夷為平地。我看到人群排隊走進毒氣室，看到 AK 掃射小孩的頭。你珍惜今天，因為明天可能就是你，躺在砂石地上，瞪著不再轉動的眼珠，看著漫天星斗。你希望有一道光來指引你方向，但真的探照燈打來時，你拔腿就跑，因為太亮了，太熱了。

（寂靜。）

C：（低著頭）我們剛剛開心得太大聲了。

A：這是我們來自的地方。

C：我們要開心小聲一點。

A：我們要逃走，一定要。

C：我們要開心小聲一點。

（忽然，B 爆出一絲啜泣聲。）

C：喂，你怎麼啦？

寂寞寂寞不好

B：我沒事……

C：還說沒事，不要哭嘛。

B：對不起，我克制不住……

C：不要哭啦，你哭之前，我都不覺得自己可憐。你這樣一哭，好
像忽然有一點。

A：我們一定要逃走，用我們的方式。

（A給B一顆藥丸，B吃掉。）

C：我也給你一顆，希望你都好。

（C給B一顆藥丸，B吃掉。）

A：給你一顆，希望你清醒。

（A給B一顆藥丸，B吃掉。）

C：給你一顆，希望你睡著。

（C給B一顆藥丸，B吃掉。）
（燈暗。）

185

第4場　在崩解的人是我

（男人在吸食藥物，女兒在一旁觀看。）

女兒：那是什麼？我也要。

男人：我不給任何人的。

女兒：你說的奇怪的計畫，什麼時候要開始呀？

男人：晚一點。

（女兒的手機鈴聲響起，她掛掉。）

女兒：吼，又一通，已經十九通來電了。

男人：誰？

女兒：我爸。

男人：他知道你在這？

女兒：沒人知道我在這。

男人：那就好。

女兒：這麼緊張幹嘛啦？

寂寞寂寞不好

（頓。似乎有蚊子飛過，女兒啪一聲，打蚊子。）

男人：喂，在我家不要打蚊子。

女兒：我被咬了。

男人：蚊子是朋友。

女兒：蚊子？朋友？

男人：在我吸到醒不來的時候，只有蚊子可以叫醒我，他們是朋友。

女兒：都腫起來了。

男人：沒有什麼比醒來更重要的。

女兒：這就是你的生活？聽聽音樂？做點壞事，在網路上找朋友？

男人：今天對我是很特別的一天。

女兒：爲什麼？

男人：因爲晚點要進行的計畫。

女兒：到底什麼計畫呀？

男人：你不用知道。

女兒：跟我有關係嗎？

男人：沒有，我只希望你現在陪陪我。

（頓。）

女兒：噢，好吧，眞羨慕你，能有個特別的一天。

男人：以後沒機會了。

女兒：我上禮拜有一天也滿特別的。

男人：怎麼了？

女兒：上禮拜，我碰到我媽媽。

男人：碰到你媽？

女兒：十年來第一次見到，十年內也不想再見到。

男人：喔？

女兒：在我八歲的生日前一天，我媽離家出走了，再也沒有回來。在那之前，家中似乎還有幸福，一起拍照，一起過節，媽媽就是媽媽，永遠都會在那，本來就該這樣。有一天，媽媽離開了，沒有留下任何紙條、任何話，她就走了。

男人：去哪？

女兒：我不知道，爸爸開始每天喝酒，藉酒澆愁，情緒崩潰。那陣子，我把頭髮剪短，塗上指甲油，擦了眼影，我假扮成漫畫中的人，因為他們都不會真的傷心。我去了警察局、消防局、徵信社、里長辦公室。我買了條狗，給牠聞我媽的味道，結果狗狗帶我去街上找了條母狗。我第一次去外縣市，就是去找她。我上山，看不到山的綠，去海邊，看不到海的藍，我看到的只是——我媽不在那裡。

男人：但上禮拜……怎麼會碰到呢？

女兒：她忽然打來，說她之前和一個男人跑了，事隔十年，她忽然發瘋想起了我，她打來說想看看我。

男人：你去見她了嗎？

女兒：去了。

男人：變很多嗎？

女兒：變得很俗氣，那種最俗氣的女人。我們只見了一分鐘，她在一句話的時間內把我惹火。

男人：她說了什麼？

女兒：吃飽沒。

男人：吃飽沒？

女兒：她問我吃飽沒。

（頓。）

男人：What the fuck！

女兒：What the fuck！我掉頭就走，發誓再也不理她。她這十年，沒有管過我吃飽沒，我把晚餐的錢都拿去買指甲油，她管過我嗎？見面第一句話，吃飽沒？

男人：十年前，她義無反顧的走了，十年後，她也給了你一次機會。

女兒：讓我義無反顧的走了。

男人：恭喜你。

女兒：感覺要很爽，但很討厭。

男人：至少你還有你爸，相依為命。

女兒：噢，算了，我說了，我們兩人之間像戰場。

男人：是嗎？

女兒：他受不了我的裝扮，根本……根本受不了我的存在！我逃進了電玩裡，今天，OK，更好，我逃出來了。

（頓。）

女兒：我想要你抽的東西。

（頓。）

女兒：那是什麼？
男人：某種藥物。
女兒：那是什麼感覺？
男人：像是過一個很長的隧道。
女兒：去哪裡？
男人：去別的星球。
女兒：我也要。
男人：不行。
女兒：給我。
男人：我不給任何人的。
女兒：讓我看看墮落長怎樣。
男人：看了就回不去了。
女兒：那就讓我看看回不去長怎樣。
男人：不要找我。

（女兒試圖去搶，被男人閃過。）
（頓。）

女兒：你不給我，我就告發你。
男人：告發我什麼？
女兒：我知道你是哪種人。

（頓。）

男人：我是哪種人？
女兒：我整天掛網，觀察你帳號很久了，我有受害同學的名單。

（頓。）

女兒：你拐騙很多未成年少女，你是個壞人。
男人：你知道我？
女兒：對。
男人：那你還敢來？
女兒：我說過了，我想看看墮落長怎樣。

（女兒試探性地走近男人幾步，在一段距離外停下。）

女兒：你愛他們嗎？
男人：不愛。
女兒：他們愛你嗎？
男人：不愛。
女兒：那是像我們這樣囉？
男人：你走吧。
女兒：你剛剛說晚上有一個很特別的計畫，是想要跟我上床吧？
男人：你錯了。
女兒：其實這計畫一點都不特別，對吧？

男人：不是！

女兒：你喜歡自己的樣子嗎？

男人：你可以走了。

女兒：你照鏡子會感到噁心嗎？

男人：你走。

女兒：我沒有要冒犯你啦，我只是想確定，你照鏡子會感到噁心嗎？

男人：走！

女兒：我看鏡子會感覺噁心，因為我發現我長得很像我爸。

（頓。）

女兒：如果我今天不想回去，想要睡這，一個晚上有可能相安無事嗎？

（寂靜。）

女兒：你在掙扎耶。

男人：不准睡這。

女兒：你晚上的特別計畫是什麼？

（頓。男人沒有回答。）

女兒：讓我加入嘛。

男人：你已經加入了。

女兒：你知道嗎，你毀了那些人的人生。

男人：對不起……

女兒：我不能幫那些人原諒你，這很遺憾。

男人：我知道。

女兒：但我的人生已經毀了，你可以幫我一把。

（女兒向男人走近一步。）

女兒：給我。

男人：不要逼我。

女兒：給我。

（女兒成功走向桌面，試探性地拿起藥物。）

女兒：我想逃到一個不會意識到自己存在的地方，我很醜陋……

男人：你不要這樣說。

女兒：就跟你一樣醜。

（頓。男人頹然坐下。）

（女兒獲得藥物，試圖點燃，但不得要領。）

女兒：教我。

（頓。男人沒有反應。）

女兒：讓我看看墮落長怎樣。

（頓，男人沒有反應。）

女兒：讓我看看回不去長怎樣。

（頓。）

男人：使用後，你會掉入那個隧道。
女兒：我知道。
男人：通往別的星球。
女兒：帶我去。
男人：隧道很長，很黑⋯⋯
女兒：帶我去。
男人：去了就回不來了。
女兒：帶我去。

（頓。）
（男人去幫女兒，將藥物點燃，冒出一陣輕煙。）
（他們吸入。）
（吸入的片刻，燈光轉換，滿天光點，宛如星辰。）

女兒：好漂亮喔。
男人：這條隧道很長，很黑，你可能明天就看到隧道盡頭的小光點，

也可能永遠走不出去。

女兒：至少有一個星球可以盼望。

男人：但那個星球非常可能永遠到不了。

女兒：怎麼會這樣？

男人：只能往好的方面想，既然永遠到不了，就可以永遠一起去。

女兒：和誰一起？我嗎？

男人：很多啊，和那些屍體們。

（宛如星辰的光點，轉化成新聞中最血腥的畫面。）

男人：任何一天，我們都有可能變成驚心動魄的新聞，變成慘無人道的剪報。人們在情色中自慰，在血腥中高潮。高潮中，大家都犯下了那些沒親手犯下的惡行。同時，在一些看不見的角落，像你現在躺的這張床，躺過非常多和你一樣年紀的人。他們也想嚐嚐墮落的滋味，他們都回不去了。我們都用各種形式，走在這條漆黑漫長的隧道中。隧道中，我們相遇，我們這些漂流的屍體們。

女兒：大家都從哪來的？

男人：從各種地方來的，從崩解的大樓，從崩解的政府來的，從崩解的家庭、崩解的冰山、崩解的器官、崩解的基因、崩解的承諾來的……

（在男人講述的同時，女兒沉醉地迷失在閃耀的影像中，翩然漫舞。）
（崩解的音效進來。）

男人：而那一晚，我並沒有發現，在崩解的人是我。

（男人拿出一條繩子，將繩子打一個結，形成一個圓圈。）
（女兒看到男人與繩子，停下漫舞的步伐，直愣愣看向男人。）

男人：你來之前，我說，我今天有一個計畫，我想該讓它實現了。
　　　　這不是為了你，是為我自己，為一個有病的靈魂。

（光影劇烈閃耀，音效漸漸大聲，男人高舉有個圓圈圈的繩子。）
（女兒尖叫。）
（光影閃耀和噪音越加劇烈，推到極致時，一切戛然而止。）
（萬籟俱寂。）
（女兒從舞台上消失了。）
（警察從舞台另一側走出，與男人在舞台兩側，遙相對峙，沉默無言。）

男人：而那一晚，我並沒有發現，在崩解的人是我。

（燈暗。）

（ＡＢＣ彷彿站在很高的地方，氣喘吁吁地往下看，相當謹慎，互相握緊彼此，試圖保持平衡。）

Ａ：藥效太慢了，往下跳比較快。

Ｂ：有點高。

Ｃ：進去一點，我怕高。

Ａ：不行！

（Ａ站在中間，抓緊Ｂ和Ｃ，在崖邊，搖搖欲墜。）

Ａ：帶種一點，爲了美好的未來。

Ｂ：在我的國家，每年自殺者高達三萬，剛好是東京馬拉松的人口。當我看到馬拉松的人潮像蜂窩一樣塞滿大街，往終點衝去，我彷彿看到那些自殺的人，衝向死亡。

Ａ：好壯觀。

Ｃ：他們覺得自己很孤獨，他們不知道他們是軍隊。

Ａ：像是燙水餃，噗通一秒罷了。

B：跳下去就可以逃走了嗎？

A：七十八樓，絕對可以。

B：我有點怕。

A：你想不想離開？

B：想。

A：那就不要怕，值得的。

（三人緊抓彼此的手。）

A：數到三，一起往下跳喔。

C：好。

A、B、C：（同聲）一，二，三。

（頓。三人皆無動靜。）

A：好，我們重來一次，準備囉。

A、B、C：（同聲）一，二，三……

B：（打岔）等一下，在這之前不是都要做一件事嗎？

A：什麼事？

B：應該要打給誰，跟他說我很愛他。

A：好啊，你打啊。

B：我打啊。

A：你打啊。

B：我打啊。

A：你打啊，你要打給誰？

（頓。）

B：好啦，往下跳吧。

A：好，我們重來一次，準備囉。

A、B、C：（同聲）一，二，三……

C：（打岔）喂喂喂，今晚的天空不錯耶。

（三人抬頭，仰望夜色。）

A：可惡，竟然選了個有夏日晚風的傍晚。

C：今天月亮是不是比昨天大呀？

B：有一種夜涼如水的浪漫。

C：要是能夠看到呆掉，就不需要往下跳了。

B：對呀，我怕痛。

A：喂！你想不想要離開？

B：想。

A：那就不要怕痛。

C：我想先吃止痛藥。

A：沒有用。

C：沒有嗎？

A：這世界都被止痛藥淹沒了，你認為呢？

（他們思考片刻，同時搖頭。）

A：討不討厭它？

B：有一點。

A：那就壓垮它！怕就自我催眠一下。

（A堅定牽起B和C的手。）

A：（喃喃自語）往下跳往下跳往下跳往下跳……

B：（喃喃自語）不會痛不會痛不會痛不會痛……

C：（喃喃自語）沒事的沒事的沒事的沒事的……

A：這一跳，我們會跳進星空。

C：我們會跌進大氣層。

A：跌出地球。

B：跌進太陽系。

A：我們會墜入銀河。

C：跌出這輩子。

B：跌進輪迴。

C：跌到永生。

A：跌出暫時界。

C：跌進永恆。

A：從過程中，跳到過程外。

B：然後從過程外，看見那天，這顆星球真是充滿憔悴和惡意。

（A和C看向B。）

C：哪一天？

B：就是你每天起床，覺得今天會非常平凡的那一天。

C：有個開朗的早晨那種？

B：開朗的早晨，直到下午一點四十六分。

（A和C同時看錶，但他們沒戴手錶。）

（A和C看不到時間，隨即順著B的目光，看向遠方。）

（遠方傳來浪潮的聲音，宛如就在我們身邊。）

B：大地震動，三公尺的巨浪，帶來海的鹹味。你上一口吸進空氣的
地方，瞬間被海水佔據。遮住陽光的不是烏雲，是我們敬畏的，
那包含著無限，充滿造物隱喻的海洋。它捲走了車輛，帶來了
大火。它像強盜一樣入侵，像小偷一樣退去，和砂石摩擦發出
刷刷刷的聲響，留下一片荒原。我走在破碎的海灘，車子碎片、
房子碎片、焦黑的牆面、外洩的汽油。天邊的雲射出白光，照
耀一片殘骸。天很溫柔，溫柔到沒有聲音，溫柔到塵埃都落地。
你有點困惑，咦，你記得幾分鐘前，它還帶有強烈的恨意。

C：恨啥咧？

B：阿災。

（他們癡傻地看向遙遠的某方，專注地聆聽浪潮的聲響。）

Ａ：我說真的，我們一定要逃走。

（三人再度牽起手，往下看，從他們的身段姿態，我們感受到高度。）

Ａ：三，二，一，跳。

（沉默。沒有動靜。）

Ａ：三，二，一，跳。

（沉默。沒有動靜。）

Ａ：三，二，一，跳。

（沉默。沒有動靜。）
（燈暗。）

第 **6** 場　躲進你的皺紋裡

（奶奶坐在安樂椅上，宛如雕像。）

警察：奶奶，我又來看你了，你今天好一點了嗎？
　　　有想起一些事了嗎？
　　　他們說你今天在廁所跌倒了，
　　　廁所很遠耶，你怎麼辦到的？
　　　來，我今天帶了一些小魚來，
　　　你可以流口水了。

（警察拿出塑膠袋，裝了水與幾隻游泳的金魚，放在安樂椅旁。）

　　　今天先來複習幾張照片。
　　　來，這是老家院子養的看門狗，他叫喬治。
　　　這是院子外的老牆，都剝落了，
　　　跟你記憶體一樣。
　　　這是淑芳，常常來跟你借米的。
　　　這是你送我的十歲生日禮物，

一隻玩偶熊。

我都叫他……

奶奶的熊。

奶奶，你有笑嗎？你剛剛有在笑嗎？

沒有牙齒就不要呵呵笑，

微笑就好。

我十歲以前是你帶大的。我喜歡頭在下腳在上，倒掛在沙發，
這是你看過的。我拿彈弓射貓的事，只有你知道，你處罰過
我。但我一直忘了講的是，那是因為貓把魚弄死了，我才很
生氣的。我到了九歲還會尿床，也是我們之間的秘密……

奶奶，我要說的是……我要說的只是……

如果你忘了這些……

就再也沒人能見證，我曾經那樣活過。

懂我意思嗎？你真的決定要忘了嗎？

記憶力測試！

下列哪個行為，在麻將中是允許的？

偷拿別人籌碼

摸別人手牌

寂寞寂寞不好

用白板來吃
自摸

（警察等待，奶奶沒有反應。）

我為你的消失感到寂寞，
而我也要消失一部分的我了。

對了，跟你講個好消息，
那個謀殺輟學女生的犯人被我抓到了，
他引誘過非常多輟學女生，
是個變態，
我找到他了。
我他媽的找到他了。

先偷偷跟你講結論，他死定了。

他是個慣犯，對很多人下手，這些他都承認，
但他死都不承認自己殺了人。
我問他，沒殺人，人怎麼會在垃圾袋裡？
他說不知道，他的眼神很無辜，像真的一樣。

屍體脖子上有勒痕，他家有繩子，我知道是他。

小時候，你跟我講的世界很簡單，我看到的卻很複雜。你說世界會進步，萬物的進程有終極目標，但偏掉了，通通偏掉了！你是最好的人卻承擔罪惡，該死的人卻逍遙自得。

這世界是壞人的天堂，好人的地獄。

不對
不對
不對
偏了
歪了
爆炸了
我說，他媽的，沒殺人，人怎麼會在垃圾袋裡？
他說不知道。

所有的罪人，都該受到懲罰。
所有的正義，都應該被伸張。

先跟你講結論，他死定了。

（漫長的沉默。）

奶奶，我又來看你了，你今天好一點了嗎？
有想起一些事了嗎？

寂寞寂寞不好

他們說你在廁所跌倒了，
但你怎麼走到廁所的？
你連站起來都需要起重機了。

（沉默。）

奶奶，我想躲進你的皺紋裡。

（燈暗。）

（男人滿臉是傷，坐在父親對面。）

（兩人遙相對望，漫長的寂靜。）

父親：所以是你？

（頓。）

父親：你看起來很斯文。

（頓。）

父親：為什麼要這麼做？

男人：我沒有做，不是我。

父親：他們發現她那天去過你家。

男人：她後來就走了。

父親：他們在你床下找到藥物、保險套、情趣玩具，還有……

男人：夠了，不要講了住嘴。

（頓。）

父親：你連用聽的都聽不下去，你做的事自己都不敢聽。

男人：我沒有。

父親：你沒有？

（頓。）

男人：我沒有。

父親：你對她用了這些？

男人：沒有！

父親：那她怎麼會在你那？

男人：我們是網友。

父親：噢，網友。

男人：那晚我們第一次見面。

父親：第一次就下手。

男人：那晚都在聊天！

父親：聊天聊到橋下？

男人：我們沒有……

父親：聊天聊到垃圾袋裡？

男人：不是我！那一切我不知道！那晚我們就是聊天，聊天，聽音
樂，好，她還跟我要了一點藥物，就這樣。

（頓。）

父親：藥物……你他媽禽獸……

男人：她跟我要的。

父親：她很乖，她不會做這種事。

男人：她說她需要，她想逃到什麼地方，我就給她了。

父親：他們說你是勾引未成年少女的慣犯。

（頓。）

男人：對。

父親：所以你引誘她，用藥物引誘她。

男人：沒有，沒有！我聽她講話，她講了很多，我不知道該怎麼幫她。

父親：講個屁，你們差了二十幾歲你們能講什麼？

男人：一些心裡的事。

父親：噢，她有什麼心裡事好跟你說？

男人：聊你。

父親：我怎樣？

男人：她說，她以你為榮。

（頓。）

父親：你不要惹我。

男人：你是她的驕傲。

父親：警告你不要惹我。

男人：她很想說她愛你，但又不甘願看你開心。

父親·你再鬼扯嘛。

男人：她說，雖然你很煩，但留下來的才是愛她的。

（頓。）

男人：你送她的絨毛玩偶，她每年都會洗。她說你們停止爭吵時，你就是她最在乎的人。

（頓。父親不安地碎動。）

男人：她說你讓她的人生一片漆黑。

父親：好了……

男人：她說她遺傳了你的悲劇。

父親：好了……

男人：她說她原諒你。

（頓。）

男人：她原諒你了。

（沉默。）

父親：她從來不跟人講這些。

男人：但是她很相信我。

父親：她不可能跟你講這些。

男人：我有病。

父親：你有病她還跟你講這些！

男人：因爲她也有病。

（頓。）

男人：我們在網路遊戲聊上的，她覺得我比較特別，和她很像，我們都有一點⋯⋯該怎麼說呢，絕望。

父親：她覺得絕望很有魅力。

男人：我不知道

父親：你用自己的絕望誘惑她。

男人：我不是故意的。

父親：你就是故意的。

男人：只有絕望的人才會被絕望吸引。

父親：你他媽禽獸！

男人：好，我同意⋯⋯

父親：那幹嘛要殺她！

男人：我沒有！

父親：有，是你！他們在你床下找到了繩子！

（沉默。）

男人：那一晚，你女兒本來應該是我最後見到的人。

父親：噢，準備承認了。

男人：那是我晚上要吊死自己的繩子。

（頓。）

男人：我長得還可以，一句話也講得完，但是我有病。我對自己的要求很高，也從來不允許犯下任何過錯。以前我犯任何小差錯，會被壓克力條打一頓。我褲子沾到一滴醬料就要刷個兩百遍，衣服有一點皺摺就要熨個五小時。我每天都在鎖門、鎖門、鎖門，我走不掉，我走不掉，我快抓狂了，我快抓狂了！我不知道怎麼出門，我不知道，直到有一天我發現，找人來家裡我會好一點，當有人躺在我的床上，我會好一點，放鬆一點，呼吸順暢一點……

（頓。）

男人：我上癮了，我戒不掉。

父親：你只是在博取同情，拿有病當藉口。

男人：我活在罪惡感中，我沒有自由意志，我想結束這一切。

父親：結果你還是克制不住，對吧。

男人：我找她來，只是希望死前有人陪我度過最後一夜。

父親：為什麼是她？

男人：因為她很善良，她接納我。

（頓。）

男人：我想結束，想為自己贖罪。

父親：但死的是她！

男人：在有點放鬆的氣氛下，我拿出繩子，欣賞著我給自己的刑具。她看到繩子，顯然是誤會了，驚聲尖叫，奪門而出。我不知道她去了哪裡。

（頓。）

男人：我不知道她去了哪裡。很久後，警方找到了我。

（漫長的沉默。）

男人：你看起來很沮喪。

（頓。）

父親：我應該相信你嗎？

男人：真相無法讓你好過點嗎？

父親：警方目前的線索只能找到你，如果不是你……這將會變成一個懸案，她人生的最後一刻將會是永遠的謎……如果這是真的，那將永遠沒有人能給我答案了。所以……怎麼可能不是你……怎麼能夠不是你……

寂寞寂寞不好

（頓。）

男人：如果你希望，我可以承認這都是我編的。

父親：她還跟你說了我什麼？

男人：我一開始都講過了。

父親：她到底說了什麼？

男人：她以你為榮。

父親：她到底說了什麼？

男人：她很想念你。

父親：你說謊。

男人：真的。

父親：不可能。

（頓。）

父親：你講的那些，像是……一個人死後會講的話，在死之前的人不
　　　會講這種話的，我們都認為還有明天，所以我們會攻擊……

男人：嗯，同意。

（頓。）

父親：那晚她到底說了什麼？

男人：她說她以你為榮。

父親：夠了。

男人：她說等你們停止爭吵後，你會是她最愛的人。

父親：你在同情我，你在讓我好過，但一個人的偽善是對別人最大的羞辱！

（寂靜。）

男人：她說，她很自卑，因為有天她在鏡子前，發現長得很像你。

（頓。）

父親：（掩面）我就知道……

男人：你帶給她的人生很多黑暗，她說人生夠重了，為什麼你還要壓迫她？

父親：我就知道……

男人：她幾乎是用逃的來我家。

父親：對不起……

男人：你們很多恨，感覺得到。

父親：她離開後去了哪？

男人：我不知道。

父親：總有個地方吧。

男人：我不知道。

父親：你家出去是哪？

男人：一片荒原。

父親：走得出去的嗎？

男人：可以，只是她沒有。

父親：噢，天啊。

（頓。父親抱頭掩面，像洩了氣的皮球。）

父親：我把僅剩的一段親密關係給搞砸了……就這樣沒意義地搞砸
了……

（漫長的寂靜。）

男人：她原諒你了。

父親：來不及了。

男人：她走之前有跟我說，她原諒你了。

父親：不可能。

男人：她原諒你了。

父親：我收到你的善意了。

男人：她原諒你了。

父親：好，我知道了。

男人：她原諒你了。

父親：可以了。

男人：她原諒你了。

父親：可以了。

男人：喂！聽我說真的！

父親：你到底想幹嘛！

男人：她原諒你了。

（頓。）

父親：你他媽閉嘴喔。
男人：她原諒你了。

（砰！父親一拳將男人打倒在地。）
（沉默。）
（男人緩緩爬起來。）

男人：她原諒你了。

（頓。父親哭了。）

男人：她原諒你了。

（父親壓抑的情緒終於潰堤，放聲大哭。）
（半晌，父親的情緒才稍微平復，癱軟坐在椅子上。）

男人：她真的，真的，有說，她原諒你了。
父親：我知道了，我知道了……

（頓。）

男人・但你知道嗎？沒有人來原諒我，沒有人⋯⋯

（燈暗。）

（ＡＢＣ三人，點著蠟燭，穿著風衣，儀式般地走出來。）

Ａ：有好消息，世界末日要來了！

Ｂ：世界末日終於要來了。

Ａ：這下可逃得徹底了，讚。

Ｂ：終於得救了。

Ｃ：還有多久？

Ａ：看一下馬錶喔，嗯，還有一二三四……四百三十六年。

Ｃ：這是久還是不久啊？

Ａ：四百三十六年，如果四捨五入的話，就是……零。

Ｂ：零。

Ｃ：零。

Ｂ：意思就是……現在？

Ｃ：現在！

Ｂ：耶！末日近了！

Ａ：末日近了！末日近了！

（他們開心得跳躍。）

C：快點，我們要做世界末日前一定要做的事情。

B：啥？

C：問那個問題呀？

A：什麼問題？

C：那個呀，那個呀！

B：噢，我知道了，那個……我們來說說看，世界末日前一天，你
　要做什麼？

（沉默。）

A：我要和爸爸媽媽再去吃一次麻辣滷味。

B：我要和一起住的人說，你水龍頭沒關，但沒關就算了。

A：我要帶流浪漢去做一次腳底按摩。

B：我要在討厭的人面前打嗝，會臭的那種。

A：你腸胃不好喔？

B：不是很好。

（A和B看向C。）

A：是不是有人沒說啊？

B：你啦你啦。

C：世界末日前一天喔……我要回信給一個人。

B：誰呀？

C：我最近收到一個陌生人的信，他好像把我當成了別人，一直跟我講話。

B：誰啊？

C：不認識呀。

A：他說啥？

C：（拿出信紙唸）他說「好久沒見，都好嗎？在學校有被人欺負嗎？有乖乖去補習嗎？快回來吧，媽媽走了，只剩我們了，不要再生我的氣了。」

B：你外面有朋友喔？

C：寄錯信而已啦。

A：刪掉啊。

C：我想回信給他。

B：假裝你是他。

C：對，假裝我是他。

A：瘋子喔，這樣是騙耶。

B：回他什麼？

C：回說「我很好，我很想你，馬上就回來囉，親一個。」

（頓。）

A：聽起來很好玩，可惜沒有時間了，你們看那邊。

（三人看向遠方。）

（燈光轉換，強光襲來，他們用手做遮陽板，看向光源。）

B：哇，天空變好大。

C：天空越來越近了。

A：那是銀河！

B：不是還有四百多年？

A：（看一下馬錶）只剩兩小時了。

B：這麼快！

A：耶！我們要被銀河壓垮囉！

（他們展開雙臂，帶著仰慕，迎接銀河的墜毀。）

A：這次真的要逃走了，是真的了！

B：會不會痛啊？我怕痛。

A：止痛藥都被你吃光了。

C：別怕啦，銀河不過是一條河。

B：真的嗎？

C：真的，還涼涼的。

A：把腳泡進去看看啊。

（他們把腳放進燈光照射出的銀河中。）

B：會涼耶！

A：讓銀河把我們沖走。

B：像是橡皮擦把鉛筆擦掉。

（他們躺在一個斜坡上，發出慵懶的沉吟，任銀河照耀。）
（燈光轉換，代表時間的移轉，月亮更近了。）

C：喂喂喂，對了，那個……我可能先離開一下喔。
A：什麼？

（A和B不解地看向C。）

B：去哪？
C：我要回信給那個爸爸。
A：沒時間了，我們要逃走了。
C：我要回信給那個爸爸。
A：機會不等人，下個末日要幾千年後了。
C：我要回信給那個爸爸。

（頓。）

A：你瘋啦，他根本不是寫信給你，他不會希罕你的，你瞧瞧你的
　　長相。
B：好啦，不用這樣講話。
A：你看看你的樣子，頭這麼短，臉這麼平，鼻子耳朵嘴巴舌頭都
　　向外突出，你無法控制自己的肌肉而不斷扭曲！（C不自覺地

扭動了一下）你是肉球，腦袋少根筋，智商只有五歲，臉特別圓，你忘了你被送來前你媽媽說的話嗎？

B：好啦，噓。

（C開始哭。）

A：你老媽她後悔沒先做產檢，不然早人工流產。你三歲時你媽媽想把你丟到熱鍋裡……

（C搗住耳朵尖叫。）

A：這裡不適合你，我們才要逃走，太厚的臉，太扁的嘴，你會被排擠的，（指B）你，你喜歡跟構造一樣的人打炮，你也會被排擠的！跟我一起逃走吧，你們都會被排擠的！我們不一樣！我們會累死！

（沉默。）
（C從斜坡上起身。）

A：你要去哪？
C：我要走了。
A：笨蛋，我們就是逃來這的！
C：我要從你的逃走中逃走了。
A：莫名其妙。

Ｃ：（對Ｂ）要一起嗎？

Ａ：銀河不會放過我們的！黃色的衛星已經越來越大，它會把潮水吸上來！

Ｃ：我要回信給那個爸爸。

Ａ：不要回去，你很醜，你是怪物。

Ｃ：對，我很醜，我是怪物，我要回信給那個爸爸。

Ａ：在那邊你是可憐的人！

Ｃ：對，在那邊我是可憐的人，我要回信給那個爸爸。

（頓。）

Ａ：自己去，我們別理他。

（Ａ和Ｃ同時看向Ｂ，Ｂ不知所措，沒有反應。）

Ｂ：（對Ａ）他自己去，很可憐耶。

Ｃ：（對Ｂ）我要醒來了。

Ａ：這裡就是現實，他會抓我們回去的。

Ｃ：我要回信給那個爸爸。

（頓。）

Ａ：隨便你，我要去迎接世界末日了。

寂寞寂寞不好

（Ａ躺下，任光照耀。）

（Ｂ起身。）

Ｃ：（對Ｂ）跟我走。

Ｂ：（對Ａ）我要跟他走了。

Ａ：隨便你。

Ｂ：我要從你的逃走中逃走囉。

Ａ：隨便你。

Ｂ：不好意思啦。

Ａ：隨便你。

Ｂ：那，再寫信給我們，聊聊爆炸的感覺，涼快嗎，舒服嗎，之類的。

Ａ：再說。

（頓。）

（Ｂ和Ｃ去抱抱Ａ。Ａ睹氣，不為所動。）

Ｂ：真的很無聊的話，我會想你的。

Ａ：哼，我可不會想你。

Ｃ：你保重喔。

Ａ：不要。

（Ｂ和Ｃ下場，剩下Ａ在場上，曬著越來越大的月亮。）

Ａ：我先講，我不會想你們喔，不會喔，不會想你們的，不會喔……

（漫長的寂靜。月光。）

A：喂，你們最近都好嗎？

（燈暗。）

（警察倚牆而立，男人緩緩走出。）

（男人緩緩地走向警察，兩人相對而望半晌。）

男人：我從來都沒想過要原諒自己。

（頓。警察宛如雕像般，瞪著男人。）

男人：但我決定要給自己一個機會。就算我會死在獄中，我也準備
好了。反正我有足夠的罪惡，來合理化一切的刑罰。但人的
律法給了我清白，我本來以為死定的。這過程很像高空彈跳，
我像是死了一遍，又活了過來。人天生就有邪惡的力量，那
簡直是信仰，但那名父親決定原諒我，或許他先原諒別人，
才能相信自己也能夠被誰原諒。寬恕真是具有神性，不是嗎？

（頓。）

男人：我會變好的，先走了。

警察：我知道是你。

（男人正要離去，又停下腳步。）

男人：我要走了。

警察：我知道是你。

男人：他們還了我清白。

警察：他們還給你不屬於你的東西，他們也有罪。我的工作是逮捕，
而非審判，但真正會帶來改變與救贖的是審判，是蓋棺論定，
是真相。唯有真相使人得以自由。當你看著今夜的星辰，會
發現天空很美，我不允許美麗的星空下發生醜陋的事。

男人：我同意。

（頓。）

男人：噢，我是說，關於星空很美那一段。

警察：我帶著激情逮捕你，他們卻雲淡風輕地把你給放了。

（頓。）

男人：我不知道什麼是雲淡風輕。死很激情，離別很激情，寬恕很
激情，懺悔很激情。這幾乎是我老去的方式，我想也會是我
死去的方式。

警察：我同意。

（頓。）

警察：噢，我是說，關於你死去那一段。

男人：好，謝謝。

警察：你懂什麼才是真正的激情？那會是你動不了自己的手和腳，卻還有心跳。是你凝視著一起生活一輩子的人，卻想不起他是誰。

（頓。）

男人：聽起來很平靜。

警察：喔？

男人：像我現在的心情。

（頓。）

男人：我走了，再見。

警察：躺在病床上的人應該是你。

男人：什麼病床？

警察：病在病床上的人應該是你，不是她！

男人：誰？

（頓。兩人對峙。）

警察：我知道是你，一直都知道。

（男人下場，同時，警報器響起，探照燈射向舞台，銜接到下一場。）
（警察所在區域燈暗。）

寂寞寂寞不好

（延續上一場，警報器在響，探照燈四處掃射搜索。）

（C拉著B逃出來，在舞台上四竄逃亡，最後躲入一個相對幽暗的角落。）

B：他們要來把我們抓走了嗎？

C：有可能。

B：就因為我們異常？

C：沒這回事。

B：有！我們異常、我們異常、我們異常……

C：冷靜，我們只是不一樣。

B：我要吃藥、我要吃藥、我要吃藥……

（C劇烈搖晃B，B被晃到零件都要掉出來了一樣。）

C：夠了！我們是異常，我們異常清醒！

（頓。）

B：噢，我沒有想過這種可能耶。

C：我們為了清醒才逃出來的。

B：我們會被抓到。

C：不會啦！

B：我們會被抓回去。

C：你不要發抖。

B：我們承受不住的，我們會瘋掉⋯⋯

C：真是講不聽。

B：我們會承受不住，我們會瘋掉⋯⋯

（不等B講完，C倏地吻上了B。）

（探照燈依然掃射，他們在陰暗處長吻。）

（分開後，一陣沉默。）

B：剛剛怎麼了嗎？

C：和我生個小孩。

B：什麼？

C：如果我們很久後還是被抓回去，他可以留下來。

（頓。）

B：不好吧，我們有病。

C：有病就有病。

B：他們說，小孩有一半的機率會跟我們一樣。

C：一樣就一樣。

B：他會頭部扁平，鼻梁塌陷，手掌很厚，呼不過氣，心臟衰竭。他翻身、爬行、坐、站，都要花比別人多一倍的時間。他在青春年華就會變老，他在十歲以前就要過完青春……

C：他也可能長得很可愛。

（頓。）

B：可能嗎？

C：他有可能打贏別的小孩。

B：可能嗎？

C：他有可能有我們的基因，卻是健康的，可愛的，他身上會有我們達不到的那種可能，我想看看他。

B：有可能嗎？

C：你一直問，那我說了你會信嗎？

B：你說說看嘛。

C：就有可能啊。

（頓。）

B：天啊，我們逃了這麼久，逃到煙霧裡，逃到詩歌，逃到電子儀器，逃到有消毒水香味的地方……然後你今天不但說要回去，還要跟我生小孩？

C：對。

B：我們有病，我們沒有用。

C：我們有用，我們要回信給那個爸爸。

B：正常人不會回信給他！

C：所以他很可憐呀。

（頓。）

B：這是欺騙。

C：你被騙的時候，也很開心啊。

B：哪有。

C：跟你說實話，銀河根本不是河。

B：真假的！

C：銀河不是河。

B：好啦，我早知道了。

（沉默。）

B：喂喂喂，如果他跟我們一樣呢？如果這邊依然沒有變好呢？

C：那我會捏捏他的手，跟他說，我們沿著邊緣逃跑，在世界的邊緣，在集體意識的邊緣。邊緣比較冷，邊緣比較黑，但邊緣是有愛的地方。

（C輕輕貼上B，B不再抗拒，嘗試接受。）
（探照燈終於掃到了他們，但停在他們的身上，宛如 Spotlight。）

（他們在 Spotlight 中輕輕搖擺，吻了彼此。）

（燈暗。）

第11場　非生日派對

（奶奶坐在安樂椅上，宛如雕像。）

警察：奶奶，他們跟我說，你把我帶來的魚吃了。
　　　你忘了一切，然後心臟即將衰竭。

　　　我剛剛在福馬林中，看到一顆心臟，那輪到你了。
　　　心臟到了，但你過期了。

　　　來的路上，我看到幾個青少年在踢球，
　　　走近一看，才發現他們把心臟當皮球踢。
　　　踢一踢，心臟長出腳，像兔子一樣，蹦蹦蹦，跳走了。
　　　你記得兔子嗎
　　　你知道蹦蹦蹦嗎
　　　抽水菸的毛毛蟲
　　　聽話的撲克牌軍隊
　　　微笑的貓
　　　非生日派對

小時候你跟我講的。

你都忘了嗎？

你是忘了還是知道但不說？

（警察等待，奶奶沒有回應。）

算了，沒差。
來吧，讓我試試。

（警察上前，敲擊奶奶的心臟。）
（起初是輕輕敲，漸漸越來越大力，發出鏗鏗鏗的聲音。）
（奶奶四肢鬆垂，始終無反應。）
（像是敲了天長地久那麼久，警察終於放棄了。）

奶奶，你快要自由了，恭喜你。
今天來，是要跟你告別的。
我殺了人，要被關起來了。
那個十惡不赦的人，證據不足，被判無罪，我殺了他。

我打爛了他的臉，貫徹我朝思暮想的正義。全世界的憤怒都
匯聚在我的拳頭，右手宛如擁有神力。我挖出他的內臟，剝
了他的皮，放進微波爐中旋轉，烤得燒燙。人的律法給不了
的正義，我給。神的雙手不制止的罪刑，我制止。宰了他後，

我叼著菸，望著天，想說，太熱的星球難得吹來一陣風，真
有種夜涼如水的浪漫。

地球是個邪惡的星球。
我以為會挖出黑的心，結果是紅的。
我以為會挖出死的心，結果是活的。

我把心臟泡在福馬林裡，靜靜地看，靜靜地看。

（沉默。萬籟俱寂。）

終於，我變成跟他一樣的人了。
我朝他丟了石頭。
換他們來丟我了。
再見。

（警察輕輕抱著奶奶。）
（奶奶展開雙手，回以擁抱。）
（燈暗。）

（父親上場，走進的空間中，有張桌子，上面放了台電腦。）

父親：我一直以為，很久以後的某一天，當我想了解她，約出來聊
一個下午，我就能隨時走進她的人生。但這某一天，已經不
存在了。很久後，我終於鼓起勇氣，打開她的房門，看了她
的日記，翻閱櫃子上的每一本漫畫，打開她的電腦，帶著好
奇，登入她在玩的電玩遊戲⋯⋯

（父親坐在電腦前，使用著搖桿，電腦傳出電玩音效的聲響。）

父親：那是 RPG，角色扮演，她存檔的遊戲進度一直在那，日期是
她離開的那天。我忽然靈光乍現，讀取了遊戲進度，玩起她
之前扮演的女俠。遊戲主角的名字叫做 Peggy，我用著 Peggy
的名字，繼續她的旅程，我知道 Peggy 就是曉佩，那就是她。
曉佩的人生停止了，但電玩中 Peggy 的人生卻還可以讀取。這
種連結令我著迷，我瘋狂地練功、升級、練功、升級，我每
破一關，都是為了能讓她再活一點。電玩的聲光刺激使我墜

入，似乎變成動漫人物，就不會真的傷心。就這樣，我逃了進去，隔離於世界上繼續不斷的苦難與罪刑，疏離於自己的悲傷與懊悔，我一去不返，將再也沒有人能將我拉出來，直到有一天……

（遊戲的音效中，忽然冒出網路訊息的提示音，父親訝異地看著電腦。）

父親：直到有一天，有人在網路上回信給我，是曉佩，她回信給我了！她……回信給我了？她的帳號還在線上？我不敢置信，猶豫半晌，回了她訊息。

（B和C的區域燈亮，兩人對著電腦，不時交頭接耳。）
（女兒進場，以C的語氣發聲，與父親對談。）

女兒：哈囉，你好。
父親：你……好。
女兒：我收到你的信了。
父親：是，我知道你要說什麼。
女兒：你知道？
父親：你要說「夠了」、「請自重」，你還會去報警，叫我不要騷擾你。
女兒：咦，我不是要說這個耶。
父親：反正是要羞辱我。
女兒：你問我好不好，我是來回答你的，我都好喔。

（頓。）

父親：你都好？

女兒：我忙完就回去囉！

父親：你忙完？

女兒：再等一等嘛，你怎樣，你都好嗎？

（頓。）

父親：我……不是太好。

女兒：真不會照顧自己。

父親：為什麼回信？

女兒：啊你就一直寄呀，我本來想說把這邊的事情處理好，直接回家，給你一個驚喜。

父親：那你……哪一天要回來？

（頓。B和C竊竊私語，討論半晌。）

女兒：不好說。

父親：不好說？

女兒：對，不好說。

（頓。）

父親：你爲什麼離開這麼久？

女兒：我在……找小狗！

父親：找小狗？

女兒：嘿，對，小狗……走丟了！

父親：我們家有養小狗？

（B和C竊竊私語，討論半晌。）

女兒：欸，那個，我偷養的，養在床上面。

（C敲一下B的頭。）

女兒：噢，講錯了，養在床下面。

（父親訕然一笑，繼續敲擊鍵盤。）

父親：找到了嗎？

女兒：還沒啦，牠很會跑噢。

父親：找到哪裡了？

女兒：我們喔，我們現在已經找到了……

父親：你「們」？

（頓。C敲了一下B的頭。）

寂寞寂寞不好

女兒：我啦，一個人啦，已經找到了……找到了……

（女兒講不出話，慌張回望B和C。B和C竊竊私語，討論半晌。）

女兒：噢，已經找到了南極。

（頓。）

父親：祝福你找到牠。

女兒：收到！不過呀，就算找不到小狗，也沒有關係。因為尋找小
狗的路上，我們已經看到了南極的極光噢。

C：耶！

B：耶！

女兒：耶！

（頓。）

父親：好。

女兒：好啦，先這樣，最後，我們在報紙上看到很一段很感人的話，
特地剪下來要唸給你聽噢。

父親：你「們」……

（C拿出報紙剪報，不小心滑掉。）

B：小心點啦。

C：快點快點。

（B和C一陣手忙腳亂，才把報紙拿好，慎重念出。）

C：這句話是──

女兒：加油！

（頓。）

父親：好，你們也是。

女兒：回家見。

父親：回家見。

（B和C的區域燈暗。）

（女兒下場。）

父親：那一晚，我不太確定發生的事情是真實，抑或夢境，一天打十八個小時的電玩是否會對腦子產生奇怪的副作用？我不知道。我躺在床上，照慣例睜著眼睛等天亮，我打開電腦，對話記錄真實地存在，曉佩，她回信給我了。那一天，我打開電玩，讀取存檔，繼續 Peggy 的人生，卻連續十八小時都無法破關。拼了一個禮拜，一關都破不了。我頓悟了，如果曉佩都回信了，那我又何必需要 Peggy 呢？

（父親拿出一朵鮮花，緩緩走入另外一個空間，停在墓前。）

父親：我終於，終於，走到了曉佩的墳前，這短短一段路，我走了一年多。

（父親將鮮花放在曉佩的墳前。）

父親：曉佩，我來看你了，好久不見，你已經離開了四百三十六天，我終於來了。我前陣子收到你的回信，有人假裝是你，和我講了七分鐘的話，既然他假裝是你，我也就假裝相信他們的惡作劇。我與他們講完話後，終於明瞭到一件事，我不可能在任何地方找到你了。

（頓。）

父親：我無法在任何地方找到你，也無法在任何地方逃離你，很弔詭吧，有點像現在的天空，下午六點，左邊有月亮，右邊有太陽。

（B和C眼戴墨鏡，手捧鮮花，進場，走到墓前，擺上鮮花，致意。）
（父親看了B和C一眼，隨即躲開目光。）

父親：他們大概是你朋友吧，我沒有去打招呼，我很久不和人打招呼了。我下次再來看你吧，跟你說說以前忘了說的話。

（父親走向另一區的長椅，坐下。）

（B和C隨即離去，行經父親面前，雙方視線交會後，下場。）

（同時，奶奶拄著拐杖，步履蹣跚地走出來。）

父親：看過曉佩後，我坐著休息，想到那名警察，他還在追求正義
　　　嗎？想到曉佩的網友，他找到了罪惡的救贖嗎？噢，我還想
　　　到了曉佩媽媽，我的前妻，我真想再見她一面，那些恨都隨
　　　風而逝了，我只想說聲抱歉。就在我不斷追索往事的時候，
　　　我看到了……

（奶奶走近父親，在他旁邊坐了下來，使父親的自白被打斷。）

（父親看著奶奶，看到出了神。）

父親：我看到一名老奶奶，坐在我的椅子旁邊，身子離我貼得很近，
　　　她也在看這片夕陽，卻像看到了更遠的地方，看到了生命的
　　　秘密。她的眼睛是兩個空空的洞，她被空白佔據了，像一片
　　　慘白的牆。我依稀能在牆上，看見古老的文字，曾經的塗鴉，
　　　如今都像瀑布般刷啦啦啦，刷啦啦啦地剝落了。我忽然
　　　有個念頭，她好眼熟，我不由自主地伸手去梳理她的蒼蒼白
　　　髮，白到都泛黃的頭髮……

（父親伸手撫摸奶奶的頭髮。）

父親：日光消逝，黑暗降臨，在日夜交會的下午六點，我彷彿遇見

生命中最詭譎的魔幻時刻。老奶奶的頭髮，黏在我的手上。

（父親的手離開奶奶的頭，手上卻黏著奶奶的那頂白色假髮。）

父親：（凝視黏在手中的假髮）什麼！

（父親不可思議地看著那頂白髮，再看向奶奶。）
（奶奶白髮下掉出了烏黑長髮，變成了女兒。）
（父親瞠目結舌，支支吾吾，說不出話。）

父親：曉……曉……曉……
女兒：把拔。

（頓。）

父親：然後我連一句話都說不完，直到她叫我把拔，我才勉強說出
　　　　一句——
女兒：他說，曉佩，怎麼是你？
父親：曉佩，怎麼是你？
女兒：Hi，好久不見。
父親：怎麼是你？你怎麼戴這假髮……怎麼……為什麼……
女兒：（搶白）我先講結論，我只是你的夢。

（頓。）

父親：她就這樣完全不留懸念地跟我說了，她只是我的夢。

女兒：你電動打太多又酗酒，產生了幻覺。

父親：她開誠布公地表明了這美麗相遇的虛幻性。

女兒：我從你意識的隙縫中鑽了進來，太陽下山，我就要走了。

父親：不能待久一點嗎？

女兒：不能耶。

父親：我差點沒認出你，你剛剛看起來很老。

女兒：因為過了很久。

父親：有這麼久嗎？

女兒：因為你都不肯往前走，所以我都老了，你還在原地。

（寂靜。他們對望。）

父親：我們就這樣佇立無言，對望良久，我說不出最單純的思念，
　　　也說不出千頭萬緒的語言。終於，日光的變換提醒我們這場
　　　夢的時效性，在默默的凝視中，周遭的場景漸漸淡出，又漸
　　　漸淡入，才一轉眼，我們已置身一片荒原，荒原的那頭，有
　　　一座橋。

女兒：（指著橋所在的遠方）就是那裡。

父親：她跟我說，就是那裡。

女兒：案發現場。

父親：所謂的案發現場。

（頓。）

寂寞寂寞不好

父親：寂靜中，我終於問了，那一晚的橋下，發生了什麼事。她沒有回答，我再問一次，那一晚的橋下，發生了什麼事？她卻像是跳針般地跟我說……

女兒：喂喂喂，你記得最後一次牽我手是哪一天嗎？

父親：什麼？

女兒：那就是我那晚在想的事呀，你也忘了齁！那一晚我在橋下，很用力很用力地一直想一直想，終於想起了一個日期，九月七號。

父親：九月七號？

女兒：我去外縣市找媽媽，迷路了，被送到警察局裡哭，你來警察局帶我，那是你最後一次牽我。

（頓。）

父親：我問的是為什麼你的屍體會在那？是誰做的？

女兒：把拔。

父親：嗯？

女兒：那是祕密。

父親：是誰？他做了什麼！

女兒：那是祕密。

父親：秘密讓人寂寞，告訴我！

女兒：在很久以後，那都會是個祕密。

（頓。）

女兒：不過很久以後，你會戒酒喔。

（頓。）

父親：你知道很久以後的事？

女兒：很久以後，你會是一個人，偶爾，你會看起來比較健康。你會參加單車俱樂部，有一次你摔車一直滾，你滾得很痛，你痛得很過癮。你會騎到海邊，甚至騎到海裡，再被海浪沖上岸。你會找到幾個朋友，每周打德州撲克。你會去運動公園打法式滾球，找一些年輕人聊聊天。你會養一條黃金獵犬，名字叫做小妹。偶爾，非常偶爾，你會牽著小妹，晃到一座橋下，靜靜地看夕陽。但每一次，你都會在天黑前離開。不過，那都是很久以後的事了。

（頓。）

父親：聽起來不像我。

女兒：那是很久以後的你。

父親：光是聽到這段話，就能讓我好過點。

女兒：但你醒來後，會忘記這一段話，忘記你見到我。

父親：至少我以後走出來了。

女兒：嗯。

（頓。）

父親：我是怎麼走出來的？

女兒：把拔。

父親：嗯？

女兒：你沒有走出來，一直都沒有。

（頓。）

女兒：你只是不再和人保持親密。

父親：唉，我就知道。

（寂靜。）

（父親掩面，不再言語。）

（女兒上前，拍拍父親的肩膀，坐下。）

女兒：把拔，把拔。

父親：嗯？

女兒：其實我來，是要跟你講一個祕密的。

父親：說吧。

女兒：對不起。

（頓。）

父親：你乖啦，是把拔對不起。

女兒：OK，收到。

父親：抱歉啦。

（女兒撒嬌而溫暖地靠在父親的肩上，勾著他的手。）

（寂靜。燈光轉換。）

父親：最後，她像是小時候那樣，勾著我的手，一起等太陽落下。這夢境終將成為一條河，它從遙遠的北方流下，經過溶化的冰層與熾熱的戰火，流經我的意識，再往南方的饑荒與疾病流去……我想這會是我對上帝永遠的提問與不解，甚至憤怒。但在太陽落下的這刻，暫時都不重要了。

女兒：把拔。

父親：嗯？

女兒：你看那邊！

（一隻鴿子飛過天邊。）

（女兒與父親一同看向遠方，宛如看向鏡頭。）

（天邊傳來閃光燈，喀擦一聲。）

（父親與女兒的動作像是自拍，定格。）

（燈漸暗。）

（燈全暗。）

（全劇終。）

神農氏

角色

神農──男，中產階級精神科醫生。

Sarah──女，神農的妻子。

肯恩──男，病患。

非洲土著──男，黑的。

熊玩偶──只是個巨大的玩偶罷了，毛茸茸，面帶
　　　　　微笑，不會動。

吟遊歌手一名。

舞台

神農的家，是個中產階級的家庭客廳，卻有一種
符號拼貼的感覺，空間除了桌椅外，務必要有的
是一個雪白的馬桶、一個裡頭有高級酒類的冰櫃、
家庭吧檯，另外，有兩個最大的特色：

一，許多的盆栽，且隨著場景進行，越來越綠意
　　盎然。

二，房間內放置熊玩偶，面帶微笑置於顯眼處，
　　宛如神像。

其餘舞台空間，見機行事。

（神農沉著專業，肯恩疲憊宛如廢物。）

神農：有吃藥嗎？

肯恩：有。

神農：定時定量嗎？

肯恩：有，該吞的吞，該燒的燒。

神農：沒有再拿發泡錠去泡澡了吧？

肯恩：不敢了。

神農：其他莫名的藥物嘗試呢？你之前把鎮定劑磨碎了去餵食蟑螂，
還有拿興奮劑去餵烏龜，最近有新的創意嗎？

肯恩：沒有，都沒有了，我已金盆洗手。

神農：很好，但我看你的報告上面寫，你被人撿到在路邊都是血。

肯恩：醫生，我全身都在痛，我已經忍不下去了。

神農：所以自殘？

肯恩：沒有，我只是想把身上痛的部位割掉。

（肯恩伸出自己的腳，脫了鞋子，神農看到他的腳之後驚呼。）

神農：你把腳趾割了？

肯恩：我去廚房拿了一把菜刀想把身上痛的部位割掉，我真的無法再忍受了，結果我發現我全身上下，只有腳趾頭是不痛的，所以我必須把腳趾頭以外的部分割掉。

（頓。）

肯恩：結果他媽的，我的靈魂沒跟著腳趾頭走，留在我還在痛的身體上，現在在你面前的，是被割下來的我，腳趾才是本體。

神農：你不能總是用菜刀解決問題。

肯恩：失去腳趾後，我腦中一直跑出一個念頭，會不會我根本就不存在？

神農：你不存在的話，請問我在跟誰講話呢？

肯恩：好吧。

神農：你不存在的話，難道是我瘋了嗎？

肯恩：你不能瘋，你是我的神。

神農：你需要的是保持鎮定，接受治療，盡量避免情緒起伏。

肯恩：拜託了，我真的不想再回去了。

神農：只要你不要再傷害自己，當然，也不能傷害別人，你有嗎？

（頓。）

神農：你有嗎？

肯恩：我最近跟小史的關係不太好，他昨天溜了。

神農：誰？

肯恩：小史啊，史蒂諾斯，你開給我的安眠藥啊，他昨天長出了小手小腳丫，在我要吃他的時候溜了。

神農：你看到他長出手腳？

肯恩：親眼看到，我立刻追了出去，那真是場愛的大逃殺啊。我因為少了腳趾，跑得不夠快，被小史吃定了。我在街道上狂奔，跑過了幾個街道，闖了幾個紅燈，衝進了夜市，跳過了幾個障礙物，追上捷運，跑下捷運，最後，小史他媽的給我跑進了一家便利商店。小史很狡猾，跳上了架子，佯裝成巧克力和糖果，和那些 M&M 混在一起操他媽的，我大喊著「小史！出來啊，我需要你啊，啤酒先生來囉！」

神農：啤酒先生？

肯恩：小史喜歡啤酒先生，他們倆在一起會很嗨，小史聽到啤酒先生後在糖果中動了一下，我立刻三步併兩步靠了上去，把他給活捉！

（頓。）

神農：你知道嗎？藥物是物質，物質是不會自己移動的。

肯恩：這很難說。

神農：就算會好了，他的逃亡動機呢？

肯恩：為了救我，我昨天吞了一百多顆了，小史逃跑是為了救我。

神農：你又吞了一百多顆，你答應我不會再傷害自己的。

肯恩：我活下來了。

寂寞寂寞不好

神農：你這樣我得要通報。

肯恩：別擔心啦，要吞兩百顆才會死，但我吃了一百二十幾顆就停止了，因為我飽了。

神農：喔？難怪覺得你胖了。

（兩人自我感覺幽默地笑了。）

肯恩：身材走鐘了嗎？

神農：還好，安眠藥熱量不高。

肯恩：那就好，不然又要減肥藥上癮。

神農：我在想喔，或許你應該去一些治療互助協會好一些。

肯恩：噢，饒了我吧！

神農：我這些有一些資源，口吃、精神分裂、抽菸、肥胖、藥物濫用的，也有些用音樂欣賞比較軟性的，有些會員講的話都很有啟發性，我看看喔，凡殺不死你的，讓你更堅強。

肯恩：對不起，我笑了。

神農：有個人說，如果沒有疾病的話，他不會重新思考人生，謝謝疾病，讓他真正的認識了自己。

肯恩：他病了。

神農：這些都是很好的想法。

肯恩：嗝。

（頓。）

神農：你打嗝？

肯恩：沒有啊，嗝。

神農：噢，被抓到了！

（頓。）

神農：你又去了派對？

肯恩：對。

神農：建議你不要再去了。

肯恩：宇宙同鄉會，擅長潛能開發。

神農：打嗝是很危險的。

肯恩：不不不，最近有好戲看了，來了一個非洲土著，成為全場焦點，你應該來看看的，怎麼講呢，他的下面……有夠大的！

（醫生輕輕地咳嗽。）

肯恩：非洲土著蒞臨，全場高潮啊，欸，我說的高潮不是譬喻法，是真的那種高潮，你應該去看看那些女人和男人都瘋了！來到派對大家都是野獸！那些人可能是白天跟你拉保險的，可能是西裝筆挺的房貸業者，或是口齒清晰的總機小姐，或者，根本就是每天幫你做早餐洗棉被的枕邊人，對了醫生，你有老婆了吧？

（頓。）

肯恩：你應該要來聽聽大家一起達到高潮的壯觀景象，你有在動物園見過整個園區的動物一起高潮的嗎？嗯嗯嗯啊啊啊嗯嗯啊啊⋯⋯喔喔喔喔喔嗯啊～

（神農冷冷地看著肯恩，一陣沉默，不寒而慄讓肯恩自己停止。）

神農：克制一下自己，不要失控。

肯恩：抱歉，嗝。

神農：別忘了你是病人。

肯恩：所以我才去潛能開發。

神農：你想要再被送回去嗎？

（頓，肯恩怕了。）

神農：你的檢查報告下次會出來。

肯恩：真的嗎？太好了⋯⋯

神農：報告出來，找出病因，就可以治療了。

肯恩：謝謝你，非常感謝。

神農：你最大的潛能，就是可以融入這個社會。

肯恩：好。

神農：然後，你跟小史的關係非常不尋常，記錄下來，我要追蹤。

肯恩：好。

神農：時間差不多了，今天就這樣吧。

肯恩：對了醫生，可以再跟你講一個我覺得很困擾的事情嗎？

神農：說。

肯恩：不知道耶，每一次我來這裡，我都會有一個揮之不去的感覺，
　　　　會不會……

（頓。）

肯恩：我根本不存在。

（燈暗。）

第 2 場　我不怕惡夢，惡夢怕我

（神農的家，馬桶、冰櫃、家庭式吧檯，許多盆栽，熊玩偶面帶微
笑立於顯眼處，笑容可掬。）

（Sarah 在澆花，神農走進。）

神農：我回來了。

Sarah：嗨，親愛的，今天都好嗎？

神農：還好，又買新盆栽了？

Sarah：對，準備給你吃吃看我新的香料。

神農：這次的新盆栽是什麼？

Sarah：沉醉的樹。

神農：不過是株植物嘛，取什麼假掰的名字。

Sarah：聽說這種植物可以安定神經與心情，我最近很累。

神農：那你還不早點回來。

Sarah：我回來很久了。

神農：是喔，那為什麼電梯停在我們的樓層？

（頓。）

263

Sarah：不知道耶，沒注意。

神農：所以我以為你剛回來，有別的人在嗎？

Sarah：沒有啊，會有誰在。

神農：我今天打去烹飪教室，他們說你沒去。

Sarah：我沒去，我快要一個月沒好好睡覺了。

神農：沒吃藥嗎？

Sarah：一顆都沒有吃，我不是睡不著，我是不敢睡著。

（頓。）

Sarah：我有件事想要跟你商量一下。

神農：好，你知道什麼可以商量什麼不可以。

Sarah：我想要把熊換位子。

神農：這是不可能的。

Sarah：沒有要丟，就只是放到儲藏室或後陽台！

神農：熊哪都不會去，他就在這！

Sarah：我已經連續一個月做同一個惡夢了，嚇到我不敢睡。

神農：所以呢？

Sarah：所以我不敢睡，熊在惡夢裡！

（頓。）

神農：他是隻善良的好熊。

Sarah：我不覺得，他在惡夢裡看起來很邪惡。

寂寞寂寞不好

神農：收回那兩個字。

Sarah：你要爲了熊跟我生氣？

神農：你到底在幹嘛，不過就是個夢嘛！

Sarah：像眞的。

神農：廢話，哪個夢不像眞的？

Sarah：一般的夢醒來後就知道是假的，但這個夢醒來還像眞的。

神農：忘了吧。

Sarah：粉紅色的牆，窗外是海，門牌號碼 448。

（頓。）

Sarah：有印象嗎？

神農：你的夢我會有啥印象。

Sarah：我也不知道爲什麼，看到那個粉紅的鐵皮屋我就毛骨悚然了，
然後透過窗戶我看到沙灘上都是血，有個人躺在岸邊被海沖
刷著，他身上插了一把茱刀，全身都是血。

神農：你吃些鎭定劑吧。

Sarah：重點是熊也在！他笑得很開心！

神農：關熊屁事。

Sarah：這是個凶殺案你懂嗎？他是熊他去海邊幹嘛？

神農：聽著——

Sarah：那是個謀殺，我已經做這惡夢做一個月了！

神農：聽著！

（頓。）

神農：你必須要忘了夢，才能忘掉惡夢，懂嗎？跟我說一次，我不
　　　　怕惡夢。乖，快說，我不怕惡夢。

Sarah：我不怕惡夢。

神農：惡夢怕我。

Sarah：惡夢怕我。

神農：很好，現在讓我吃吃看你新種的香料。

（Sarah 去吧台拿了草本類料理過來，和神農一起吃了片刻。）

神農：我不希望你疑神疑鬼的，像是我今天碰到的一個廢物，他全
　　　　身針孔，皮膚潰爛，還割掉了自己的腳趾，我看他人生八成
　　　　是廢了。

Sarah：你朋友嗎？

神農：如果他人生也有隻熊，他不用過那麼辛苦。我們跟他是不一
　　　　樣的，我們有冰櫃有吧檯有馬桶，但他的偶像是一個非洲土
　　　　著。

Sarah：非洲土著？

神農：知道他多可悲了吧？非洲土著是他的偶像，說什麼全場高潮
　　　　只是因為土著的老二很大還在丁字褲裡面塞磚頭。

Sarah：喔？那打到會很痛吧。

（頓。）

神農：我有看錯嗎，你爲什麼有點興奮啊？

Sarah：你也買過丁字褲給我啊，但你從來沒要我穿。

神農：你一定要在我說土著的時候講這個嗎？

Sarah：爲什麼我有點興奮呢？或許是因爲我很久沒興奮了。

神農：別看不起我。

Sarah：我知道你很厲害。

神農：你知道我是文明人，但我他媽的也有不文明的時候。

Sarah：想見識一下。

神農：操他媽的土著算什麼。

（神農把 Sarah 推開，開始解開自己的皮帶與褲檔。）

（Sarah 也開始寬衣解帶，她背對觀眾，正對神農打開了上衣，神農看著 Sarah，卻忽然動作停格，看傻了。）

Sarah：怎麼了嗎？

神農：爲什麼有馬賽克？

Sarah：什麼馬賽克？

神農：你的重要部位，有馬賽克，你沒看到嗎？

Sarah：What the Fuck！你又來了，眞是夠了！

（Sarah 掃興地穿好自己衣服。）

神農：親愛的，對不起，我今天有點累了。

Sarah：算了，沒關係。

神農：希望下次可以是無碼的，然後你可以不要再站斜斜的了嗎？

Sarah：嗝。

（頓，一陣恐怖的寧靜，似乎更加凸顯了那突如其來的打嗝聲。）

神農：你剛剛說什麼？

Sarah：沒說話啊。

神農：你打嗝？

Sarah：可能是喝了點汽水，嗝。

神農：你有在喝汽水？

Sarah：氣泡酒。

神農：到底是氣泡酒還是汽水？

（頓。）

Sarah：汽水。

神農：那你剛剛為什麼要說氣泡酒？

（頓。）

Sarah：我講錯了。

神農：你今天沒去烹飪教室是去了哪裡？

Sarah：買了新盆栽，為了煮菜給你吃。

神農：就這樣？

寂寞寂寞不好

Sarah：請不要像是在對犯人講話。

神農：我今天碰到的那個廢物，他也打嗝。他很悲傷，但他根本不該悲傷。

Sarah：有誰是不該悲傷的？

神農：強者才有悲傷的權利，他太軟弱了，無力承擔悲傷，我知道他完蛋了。

Sarah：憐憫他。

神農：對，我憐憫他。

（神農去捧著 Sarah 的臉。）

神農：你知道我們是強者嗎？我們和廢物不一樣，重點是……

Sarah：重點是我們有熊。

神農：對，我們有熊，幸福有保障。

Sarah：好……

神農：我要幹你，多累都要幹你，現在我們照著程序一步一步來。

（兩人開始接吻，直到神農發覺有異樣。）

神農：有花生醬的味道。

Sarah：是嗎？

神農：你吃了什麼？

Sarah：花生醬吐司。

神農：以後不要再吃這個了，我要家裡能聞到義大利沙發的味道。

Sarah：好。

（神農焦慮地拿出芳香劑朝家裡四處噴灑。）

神農：你發誓只是花生醬？
Sarah：我發誓。
神農：對天發誓。
Sarah：我對熊發誓。
神農：好，我愛你。

（兩人擁吻，燈暗。）

神農：有吃藥了嗎？

肯恩：吃了。

神農：定時定量嗎？

肯恩：定時定量。

神農：疼痛的狀況呢？

肯恩：有減緩了，但還在痛。

神農：還覺得自己不存在嗎？

肯恩：我不知道，我還在找。

神農：還有傷害別人或傷害自己嗎？

肯恩：哼哼，醫生來，你聞聞看。

（肯恩伸出了自己的手掌在神農面前，神農聞了聞，看了看。）

神農：天啊，有烤肉的味道，你的手都燒焦了。

肯恩：小史又頑皮了，我真被他氣死。

（頓。）

271

肯恩：我昨天上完廁所後發現馬桶堵住了，但不是普通的那種堵住，是完全沖不了水。我往裡面看去，我發現馬桶裡面的水是靜止的。

神農：馬桶塞住了。

肯恩：不是塞住喔，裡面的水靜止了像是一塊僵固的果凍，是睡著了！

神農：很有趣的說法。

肯恩：但問題來了，馬桶好端端的爲什麼會睡著呢？

神農：我不知道。

肯恩：猜猜看嘛，給你一個提示，小史不見了。

（頓。）

神農：小史躲在裡面？

肯恩：對，小史這他媽的安眠藥躲在裡面，我挖了半天才把小史給挖出來，小史憋氣憋到整了臉都脹了起來，我挖出他後他在那邊大笑。

神農：我以爲你們和好了。

肯恩：有些傢伙就是帶著恨不和解啊，我還要靠他才睡得著啊他媽的，所以，我決定懲罰他，讓他知道誰才是老大，所以我問了小史四個字，誰是老大。

神農：誰是老大？

肯恩：小史只回了三個字，幹你娘。我他媽氣死，戴上了護目鏡，用鉗子夾住了他，然後我拿出了瓦斯槍去燒他，媽的，壯觀爽。

寂寞寂寞不好

（頓。）

神農：正常人做反應會符合比例原則，你這樣似乎過頭了些。

肯恩：你不要跟我講過頭，小史先過頭的！我用鉗子夾住他燒，小史不斷發出了慘叫聲，小手掌小腳丫在空中亂揮，然後我就聞到了焦味……操他媽的我把自己的手指給燒了！

神農：你在用虐待對方來彰顯自己的能力。

肯恩：醫生，如果我不需要小史，你又何必開給我。

神農：我希望你們和平共處，而不是像現在這樣彼此憎恨。

肯恩：哈哈哈，他現在肯定更恨我了。

神農：為什麼？

肯恩：為了防止他逃跑，我把他塞進了我的屁眼。

（頓。）

肯恩：你不相信啊？我現在就給你看。

（肯恩倏地站起來，屁股對準神農準備脫褲子。）

神農：給我坐下，穿回你的褲子！

（肯恩惡趣味地笑了笑，坐下。）

神農：你不能用折磨對方來確認自己的能力，這只凸顯了你的無能

和沒有安全感。

肯恩：罵嘛繼續罵，看能不能把我的病罵好，我他媽就是無能才去潛能開發。

神農：面對現實吧，你沒有潛能的。

肯恩：噢，我有超能力，我能用念動力讓人隔空變老，你敢嗎？

神農：笑死，難道我還怕你嗎？

肯恩：那我來囉。

（肯恩裝神弄鬼地指著神農發動念動力）

（片刻的發功，宛如定格。）

肯恩：成功，你已經變老了。

神農：沒感覺。

肯恩：變老了三十秒。

（肯恩自得其樂地笑了。）

神農：你真的覺得這樣很有趣嗎？

肯恩：有笑有推囉。

神農：放尊重點，我不是你的朋友。

肯恩：Come on，你去宇宙同鄉會看看就知道其他人的潛能更屌，有個人妻他媽的會做預知夢，她的超能力是做過的夢都會成真，大家上週在等她講她最新的夢，結果……她夢到了她先生被刺了十幾刀，海灘都是血！

寂寞寂寞不好

神農：海灘？

肯恩：全場聽到超嗨的！

神農：她也不過是個病人。

肯恩：案發現場還有隻熊在旁邊笑，真他媽超有病。

（頓。）

神農：多說一點。

肯恩：不行不行，宇宙同鄉會的事情要保密的。

神農：我們也有簽保密。

肯恩：不行，不能這樣。

神農：那你可以說溜嘴。

肯恩：不行，我絕對不會告訴你那個人妻超淫蕩超壓抑的。

（肯恩忽然把嘴巴搗住。）

肯恩：幹，說溜嘴了。

神農：說完它。

肯恩：反正我也憋不住！那個人妻他媽超喜歡非洲土著的，在七彩霓虹燈下和鋼管旁，那騷貨和非洲土著火辣熱舞，她還把煉乳淋在土著身上，他媽還真像仙草奶凍！他媽這配色才對嘛，之前是淋花生醬。

神農：花生醬？

肯恩：你幹嘛驚訝？

神農：我沒有驚訝。

（頓。）

神農：多說一點。
肯恩：你忽然又感興趣了。

（頓。）

肯恩：那土著喜歡吃花生醬，可能讓他想起家鄉的泥巴吧。然後那人妻真夠壓抑，跪在土著旁邊大喊著「酋長！酋長！酋長！」一看就知道欲求不滿，她要的不過就是這個，不是老公給她什麼高級紅酒和義大利真皮沙發還有什麼家庭吧台，她說她受夠她那個死氣沉沉的丈夫，每天都想要殺了他！現在夢到了，事情即將成真。我同情她老公，我他媽真同情她老公。人生沒有激情還他媽剩什麼？
神農：死氣沉沉，她是用這四個字嗎？
肯恩：對啊，你為什麼看起來有點不太開心啊？
神農：沒事，我開心得很。
肯恩：蛤，我講我的故事你開心啥？

（頓。）

肯恩：對了，我都沒關心過你，你有老婆嗎？

寂寞寂寞不好

神農：我不需要你關心我。

肯恩：我只是把你當朋友。

神農：放尊重點，我開個單子，你馬上被送回去。

肯恩：嗝。

（頓。）

神農：我可以救你，也可以讓你死很慘。

肯恩：嗝。

神農：要我把你的症狀再整理一次嗎？

肯恩：不用了，我都知道了。

神農：哮喘、過敏、恐慌症、強迫症、、、

肯恩：嗝。

神農：宗教狂熱、過度緊張、肥胖症、家族遺傳性癲癇、、、

肯恩：嗝、嗝、、、

神農：成癮、高危險性行為、置他人於危險而不顧、易衝動、失眠、
情緒平版化、喋喋不休、口吃、輕微智力障礙──（被打斷）

肯恩：（搶白）好，可以了。

神農：我可以繼續講完，但你時間夠嗎？

（神農勝利地一笑，隨即恢復嚴肅。）

神農：搞清楚，我們不是朋友。

肯恩：嗝。

神農：疼痛的和潰爛的人是你。

肯恩：我錯了。

神農：我是來救你的，不要跟我裝熟。

肯恩：好，知道了。

（頓。）

神農：你的檢查報告出來了。

肯恩：眞的嗎？太好了！

神農：根據報告結果，你沒有任何感染現象，所有指數也正常，你……根本沒病。

肯恩：什麼？

神農：對，你沒病。（冷笑）或說，你的病沒有名字。

（頓，肯恩似乎陷入絕望。）

神農：（冷笑）怎樣，你沒病很難接受嗎？

肯恩：那我的病要怎麼治？

神農：你沒病我要怎麼治？

肯恩：給我的病一個名字吧！你去查書啊問人啊，我的病總有個名字吧！

神農：好，我會去查去問。

肯恩：拜託了。

神農：所以乖一點，懂嗎？不要讓我覺得你惹到我。

肯恩：好……

神農：還有，你上次不是說到懷疑自己根本不存在嗎？我必須跟你講個壞消息。

肯恩：好……

（頓，神農冷冷一笑。）

神農：你存在，fuck you。

（燈暗。）

第 4 場　凌晨四點四十八分

（神農回家，Sarah 正在澆花和照顧植物。）

神農：我回來了。

Sarah：嗨，回來就好。

神農：今天有去烹飪課嗎？

Sarah：喔，對啊。

神農：我帶了些宵夜回來了。

Sarah：你真好，我煮就好了嘛。

神農：花生醬吐司。

Sarah：喔，放著吧。

神農：喜歡嗎？

（頓。）

Sarah：喔，都可以啊。

神農：對了，我想安排一個豪華的旅館一起去放鬆一下，我想我們
應該要重回激情一下。

Sarah：怎麼忽然安排這個？

神農：我很多朋友都離婚了，我不希望變那樣。

Sarah：不會的，我們不會。

神農：豪華房間有各種風格的，有法國南岸的歐式精品房間，或是鮮花房，或是港口風情的，這些都有按摩浴缸和情趣座椅，或者是，你想要特別一點的……

Sarah：那就特別一點的吧。

神農：例如，肯亞。

Sarah：肯亞？

神農：或是熱帶叢林和非洲草原之類的，或許你想玩一些特別的，例如我可以扮演你的酋長。

Sarah：不要，感覺好蠢喔。

神農：（自得其樂演起來）酋長、酋長、酋長！

Sarah：小聲一點啦！

神農：我為什麼要小聲一點，難道家裡也會吵到別人？

Sarah：不是啦，我只是不太習慣你這樣。

神農：還是說我們家裡有別人？

Sarah：當然沒有啊！

神農：那就好，你說沒有，我就不檢查囉。

（頓。）

Sarah：親愛的，我為你做了好吃的東西，可以不要掃興嗎？

神農：好，不掃興，那就上菜吧，吃吃看你種植的最新香料，但你

可以先吃嗎？

（頓，一陣張力的寂靜。）

神農：開玩笑的啦，吃就吃，難道會中毒嗎？

（神農開始吃了一些草本類食物。）

Sarah：親愛的，我不希望你這樣疑神疑鬼，我不想變回過去那樣。
神農：但我希望我們的愛能長長久久，得確認一下我們居家環境是
　　　　否安全。

（神農打開了馬桶往裡面看。）

神農：水位有點高。
Sarah：天啊又來了……
神農：水位這麼高想淹死人嗎？
Sarah：那可能是馬桶堵住了，我打電話叫水電工。
神農：不准叫水電工，你很想叫水電工？

（神農去打開冰櫃。）

神農：冰櫃也太空了。
Sarah：好，我明天去補充一些飲料。

寂寞寂寞不好

神農：這麼空，塞個人剛好。

Sarah：很好，你又要開始了！

神農：我不希望我們是那種貌合神離的夫妻，我希望我們可以坦誠相見，對彼此誠實與忠實。

（神農去吧台區翻箱倒櫃，拿出一把菜刀。）

Sarah：親愛的，你知道我愛你。

神農：你有想殺過我嗎？

（神農將菜刀插在桌上，插在兩人中間，插在 Sarah 的面前。）

Sarah：你知道我愛你。

神農：你有沒有想殺死過我？在現實或在夢中。

Sarah：你知道我愛你。

神農：噢，巧妙地繞過問題囉！

Sarah：我想要持續我們的關係，我想要證明我們有能力遺忘。

神農：遺忘什麼？

（頓。）

神農：說嘛，你想要遺忘什麼！

（頓。）

Sarah：想不起來了。

神農：根本沒什麼好遺忘的，不是嗎？

Sarah：對。

神農：你這幾天晚上到底去哪裡了。

Sarah：烹飪課和買盆栽，你都知道的。

神農：我知道，我的意思是你這幾天，到底，去哪了。

Sarah：不要像對犯人講話那樣對我。

神農：你是不是去買了菜刀，還是揮發性的蟑螂藥？

（頓。）

Sarah：我到處晃晃，在找一些之後可以跟你一起去的地方。

神農：有想法了嗎？

Sarah：有，開放性水域、沒有救生員的海邊、有高壓和封閉式未經抽氣處理的地下室、沒有柵欄的高處、有大型機械的工地。

神農：成雙成對出門，孤孤單單回家。

Sarah：但這跟我愛不愛你是兩回事。

神農：我不喜歡貌合神離，我希望你夢裡做的事情，現實也會做，我希望你夢裡說的話，在我面前也願意說，這才是愛，才是我要的婚姻。

Sarah：這不是婚姻，這是毀滅。每天晚上睡覺時我都想拿枕頭悶死你但我沒有，我可以把熨斗燙在你臉上但我沒有，我可以把你的頭插進檯燈裡但我沒有，能做而不做，這才是婚姻！

神農：那個你每天都在做的夢呢？

寂寞寂寞不好

Sarah：那個被亂刀捅死的人是你，全身是血。

神農：噢，承認了！

Sarah：我不敢吃安眠藥，就是害怕睡著後又夢到你。

神農：你爲我的死感到難過嗎？

Sarah：說實話，還好。

（頓，Sarah 俐落直接的回答讓神農有點詫異。）

神農：你不爲我的死感到難過。

Sarah：你看起來很寧靜，很祥和。

神農：眞夠變態的你。

Sarah：我爲什麼要爲了你的平靜感到難過？

神農：我跟一個心理變態住一起！

Sarah：親愛的，不要再追究了好嗎？我沒有難過但我也沒有開心，
　　　你看起來並不爲自己的死感到憂傷──（被打斷）

神農：（搶白）我再問一次，你可以重來，你爲我的死感到難過嗎？

（頓。）

Sarah：難過，我爲你的死感到難過。

神農：看來我們還有救。

Sarah：我看到你被捅死的時候，我哭了，我想起我們一起度過的浪
　　　漫時光，我很捨不得。

神農：我也是啊。

Sarah：我很難過，希望我能親手幫你包紮，希望你能死而復生。

神農：沒有死而復生這回事，但我們的世界很安全，有你有我。

Sarah：好。

神農：還有熊。

Sarah：幹！

神農：幹什麼？

Sarah：幹！不要再講熊了！熊一臉獐頭鼠目，我們最好把他放到儲藏室！

神農：閉嘴，熊是我生命的貴人！

Sarah：嗝。

神農：熊救了我，他是好熊！

Sarah：嗝。

（頓。）

神農：你知道我小時候的世界是斜的，房間裡面都是煙霧和慘叫聲，永遠都有人排隊進房間後就再也沒出來了。有人一直用門板夾自己的頭，有人在天花板睡著了，有人把自己塞進馬桶，有人一直在哭因為踩到針頭了。那天是我生命中最重要的一天，凌晨四點四十八分，有個人的打火機掉了，他跟我講了一句話，幫我撿一下打火機。

Sarah：你不該去撿那個打火機的。

神農：那是我人生最重要的一次彎腰動作，我去撿了那個打火機。

Sarah：你不該去撿的。

神農：當我摸到打火機的那一瞬間，一隻毛茸茸的小手朝我伸了過來，是熊，他對著我微笑，像是告訴我沒有什麼好害怕的，他都在，一切都會沒事的。小小年紀的我看著熊，發現熊背後的天花板不停地升高、升高、升高、升高，忽然刷地一下變成了美麗的銀河，天空變成萬花筒。

Sarah：他是隻邪惡的熊。

神農：熊輕輕地唱了一首歌然後抱了抱我──（唱起崔健的＜花房姑娘＞）

你說我世上最堅強　我說你世上最善良
我不知不覺已和花兒　哦哦　一樣
你說我世上最堅強　我說你世上最善良
你說我世上最堅強　我說你世上最善良

（神農唱完後，彷彿氣力放盡。）

Sarah：親愛的，聽我說一句話，只有忘了夢，你才能忘記惡夢。

神農：那不是惡夢。

Sarah：是，那是。

神農：你不要一臉衰樣好嗎？我們的關係只是遇到了瓶頸，又不是世界末日。

Sarah：是，就是。

神農：你是不是有對別人用「死氣沉沉」四個字說我？

Sarah：親愛的，沒有。

神農：那會很傷人。

Sarah：沒有，絕對沒有。

神農：我要幹你，現在就要幹你。

Sarah：來吧。

（一陣沉默。）

神農：幹完了。

（燈暗。）

第 5 場　棄屍是一件很舒壓的事情

（神農看起來有點累，肯恩神采奕奕。）

神農：有吃藥嗎？

肯恩：有。

神農：定時定量嗎？

肯恩：對，定時定量。

神農：你今天看起來心情很好。

肯恩：我最近聽到好多笑話。

神農：講來聽聽。

肯恩：我上週去宇宙同鄉會遇到一個人妻，她跟我說她在跟老公上床的時候睡著了，但這還不是最失禮的，失禮的是她忽然驚醒後的第一句話是，噢幹，有地震！

（肯恩說完後自得其樂地笑了。）

肯恩：醫生，你今天看起來很累，還好嗎？

神農：沒事，沒睡好而已。

肯恩：有吃藥嗎？

神農：有。

肯恩：定時定量嗎？

神農：對，定時定量。

肯恩：那就好，那我以後就不來看你囉，今天是我最後一次來了。

神農：你不來了？

肯恩：我最近想通了很多事情，現在感覺很舒坦。

神農：你想通什麼？你這種人能想通什麼？

肯恩：你有棄屍過嗎？沒有的話可以試試看，很舒壓的。

（頓。）

神農：你殺了小史？

肯恩：過失致死，他在我屁眼裡悶死了。

（肯恩偷笑，隨即恢復鎮定。）

肯恩：抱歉，我不該偷笑的。

神農：謀殺不能解決問題。

肯恩：旅行需要理由，有些事情真的是天意啊。我本來想去山上把
　　　他給埋掉的，都準備好鏟子和探照燈了，但就在我要出門時，
　　　聽到電台播出了一首歌，你猜是什麼？

神農：猜不到，直接講。

肯恩：（唱起了崔健的＜花房姑娘＞）「你問我要去向何方～我指

寂寞寂寞不好

著*大海的方向～你問我要去向何方～我指著大海的方向*」，我想說，好吧，這可能是個預兆，那就前往大海吧！凌晨的海邊真他媽漂亮啊，我還順便跟小史的屍體和他的朋友一起看了個日出。

神農：小史還有朋友？

肯恩：有的有的，百憂解、冬蟲夏草、抑鬱錠、還有啤酒先生，五顏六色，終於，天微微的亮起了，我捏了捏小史的小手掌和小腳丫，跟他說「今天以後，你不是我的了，如果有來生，希望你可以加入宇宙同鄉會。」說完後，我把小史丟到遠遠的海中，噗通一聲，小史消失在微微的海浪和刷刷刷的聲響之中，消失了。

神農：你有哭嗎？

肯恩：你聽我講完嘛。看小史在大海中溶解後，我帶著小史的朋友們掉頭離去，那些小藥丸在海灘邊跟著我走，經過了螃蟹，經過了海龜，這是他們第一次發現長得這麼奇怪的生物，忽然間，奇怪的事發生了，海浪聲停了，萬籟俱寂。

神農：你有哭嗎？

肯恩：我回頭一看，天啊，整片海不再動了，變成像是一塊廣大無邊的僵固的果凍，好寧靜好安詳，小史竟然讓海浪睡著了！

神農：你有哭嗎？

肯恩：聽我講完不要打斷，乖。

（頓。）

神農：好。

肯恩：大海睡著了，時光靜止，原來小史有這麼大的力量！曾經他讓我睡著，他讓我安靜，但我們之間也一直鬧彆扭，現在他去了更需要他的地方，這是好事。你有想過海永遠都在失眠嗎？我不該自私不分享的，海該睡了，我該醒了。

（頓。）

肯恩：講完了，喔對了，我有哭。

（頓。）

神農：所以你醒了，不會再來了。

肯恩：賓果！

神農：媽的翅膀長硬了是不是？

肯恩：你看起來真的是很累，就不要裝兇了吧。

（頓。）

肯恩：有空棄屍看看，很舒壓的。

神農：不准走。

肯恩：照顧好自己。

神農：你走我就殺了你。

肯恩：算了吧，我有潛能開發，我會念動力。

（肯恩忽然指著神農半晌。）

肯恩：變老！

神農：夠囉。

肯恩：變老！

神農：停。

肯恩：變老！

（頓。）

肯恩：好，你變老了，三十秒。

（肯恩自得其樂地笑著。）

神農：你真的覺得這樣很有趣嗎？

肯恩：有笑有推囉。

神農：你沒有潛能，你是個廢物。

肯恩：自由心證囉，我還能讓人變年輕。

神農：真的嗎？

肯恩：童叟無欺啊。

神農：那你對我試試看。

肯恩：好，來。

（肯恩專注認真地指著神農。）

肯恩：變年輕、變年輕、變年輕、、、

（一陣寂靜，那氣圍似乎暗示著有什麼事情在發生。）

肯恩：有感覺變年輕了嗎？

神農：沒有。

肯恩：操，連超能力都救不了你。

神農：你不要走。

肯恩：給個理由。

神農：你有病。

肯恩：我發現一件事情，如果沒有疾病的話，我不會重新思考人生，
　　　謝謝疾病，讓我真正認識了自己。

神農：幹話。

肯恩：凡是殺不死我的，讓我更堅強。

（肯恩起身欲離。）

神農：他們做了嗎？

肯恩：誰？

神農：非洲土著，和那個人妻。

肯恩：喔，你說那個跳艷舞的？做了吧，她都趁丈夫不在時把土著
　　　帶回家了。宇宙同鄉會，嚴禁自私不分享。

神農：她跳舞跳得好嗎？

寂寞寂寞不好

肯恩：馬馬虎虎囉。好了，我要走了。

神農：坐下。

肯恩：我幹嘛坐下。

神農：時間還沒到。

肯恩：時間很久前就停止了，你不知道嗎？

神農：坐下。

肯恩：再會啦。

（神農忽然站起來怒斥！）

神農：坐下！

（兩人對望，沉默。）

肯恩：不然這樣吧，你坐下，如何？

（神農緩緩地坐下。）

神農：我是你的神，我可以幫你開藥。

肯恩：留著自己吃吧。

神農：你瘋了。

肯恩：我瘋了，可能吧，我最近發現在瘋狂的失序中，可以找到寧靜。
　　　　如果你找不到寧靜，代表你還不夠瘋狂。

神農：我會殺了你。

肯恩：我知道，我眞的知道。

神農：你懂個屁。

肯恩：夢裡的每個人都會死。

神農：什麼夢？

（頓，肯恩想了想。）

肯恩：你的夢。

（燈暗。）

寂寞寂寞不好

第6場　酋長！酋長！

（Sarah 在澆花，植物越來越茂盛了。）

神農：越來越茂盛了。

Sarah：讓你吃好一點，你最近黑眼圈越來越嚴重了。

神農：你真的很介意我消沉嗎？

Sarah：我希望你好好的。

神農：會的，那個高級飯店我已經訂好了，我們要重拾激情了。

Sarah：你有精神去嗎？

神農：當然，對了，那飯店叫宇宙同鄉會。

（頓。）

Sarah：好特別的名字喔。

神農：沒聽過？

Sarah：沒呀。

神農：對了，你最近有在家附近看到奇怪的事情嗎？

Sarah：沒有，怎麼了？

神農：新聞報導說，有個非洲土著逃走了，他有吹箭！

Sarah：吹箭？

神農：從動物園逃跑的，一定要注意安全。

（神農忽然宛如電影特務般把 Sarah 抱住並屏息壓在牆邊，偷偷往門裡面看去。）

Sarah：親愛的你在幹嘛？

神農：我怕土著趁你不注意的時候闖進了我們家。

Sarah：沒有，我都在家裡。

神農：馬桶旁邊為什麼有水？

Sarah：我今天去修理馬桶了，調整了水位。

（神農翻個跟斗去打開了馬桶蓋，對裡面大喊。）

神農：出來！給我出來！（忽然看向那堆盆栽）草為什麼在動？

Sarah：親愛的，有風啊。

神農：風吹草動！

（神農又翻了個跟斗到植物後面翻找，動作滑稽，像是喜劇動作片。）

（神農無比認真，Sarah 卻被逗笑了。）

神農：你笑什麼？

Sarah：沒有，我覺得你很好笑。

神農：你好像很久沒這樣笑囉。

Sarah：我看到你很有活力，我很開心。

神農：你喜歡這蠢樣？

Sarah：不，一點都不蠢。

神農：我不希望有骯髒的東西闖進我們家。

Sarah：或許你可以找找看一個地方。

神農：哪裡？

Sarah：我的身體裡。

神農：什麼東西？

Sarah：吹箭啊，你不是在找吹箭？

神農：喔？這太誇張了。

（神農開始去 Sarah 身上搜身，把她壓到了牆邊，宛如侵犯，但 Sarah 卻發出了滿足的輕哼，神農開始慢慢探索到 Sarah 的下半身……）

Sarah：裡面一點，再裡面一點……

神農：你喜歡野蠻，就讓你看看我的獸性！

Sarah：天啊，我喜歡這樣的你！

神農：喜歡嗎？要換個姿勢嗎？

Sarah：不用，就醬，就醬！

（神農的動作戛然而止，一切的激情瞬間停止。）

Sarah：怎……怎麼了嗎？

神農：你爲什麼說酋長？

Sarah：我沒有說酋長啊。

神農：你剛剛說酋長。

Sarah：我說就醬。

神農：不對，你說酋長。

Sarah：我說就醬！

神農：你說酋長！酋長在哪裡？酋長，出來！

（神農開始不停地翻找場上所有的空間，包括不停地打開馬桶蓋子，打開冰櫃的門，在吧檯抽屜裡面翻箱倒櫃。）

神農：我不能忍受家裡有髒東西。

Sarah：操你媽的我受夠了！

神農：你剛剛說什麼？

Sarah：我說操你媽的我受夠了！

神農：在我家請像個文明人。

Sarah：文明你媽啦！親愛的，我們不需要假裝什麼事情都沒發生過！

神農：沒人假裝什麼。

Sarah：我知道你愛我，但我們相遇的方式就註定無法用正常的方式相愛！承認我們就是野蠻人吧，不然我們不用種植這些東西假裝還在熱帶叢林，我就是背叛過你但因爲我受不了了，我也不打算假裝都沒發生了！

神農：閉嘴。

Sarah：我們就是廢物和人渣，接受吧！

神農：嗝。

Sarah：讓那些可恨的過去留在過去了好嗎？

神農：所以我們在這。

Sarah：玩這個住在鋼筋水泥裡面的遊戲！

神農：我很努力將我們的關係提升到靈性的層次。

Sarah：承認我們只是在廉價旅館或是酒吧的廁所裡面很難嗎？

神農：嗝。

Sarah：還是我們當初在粉紅小房間就不該認識的？

（頓。）

神農：我不知道什麼粉紅小房間。

Sarah：門牌號碼 448。

神農：你瘋了，我要報警。

（神農去搶過 Sarah 的手機，在上面打了半天。）

神農：你為什麼設密碼了？

Sarah：我本來就有設密碼。

神農：但你密碼改了。

Sarah：我不能擁有自己的密碼嗎？

神農：多少，告訴我。

Sarah：不要。

（頓。）

神農：你有我的密碼我卻不能有你的？

Sarah：親愛的，不要這樣。

神農：怕我看到什麼？來自非洲肯亞的語音留言嗎？還是說非洲土
　　　　著現在就在這房間？在這房間的，我可以聞到泥巴的味道！
　　　　沒關係，你不給我手機，我現在就走出去報警！

（神農氣急敗壞地走到冰櫃前，打開冰櫃的門，佇立良久。）

Sarah：你在幹嘛……

神農：爲什麼大門口被堵住了？

Sarah：親愛的，那是冰櫃……

神農：這是冰櫃？

Sarah：對。

神農：好，這次我同意你。

（神農關上冰櫃的門。）

神農：嗝。

（寂靜，神農瞪著 Sarah。）

神農：你爲什麼打嗝？

Sarah：幹你娘是你在打嗝！

神農：非洲人果然在我們家。

（神農瘋狂地翻箱倒櫃，倒出了滿地的藥丸，五顏六色。）

Sarah：我要叫救護車了。

（神農打開冰櫃，找到一根甘蔗。）

神農：啊哈，我找到吹箭了，太神奇了我們家怎麼會有吹箭呢？

Sarah：那是甘蔗。

神農：為什麼文明人家會有吹箭呢？

Sarah：親愛的，那是甘蔗！

神農：還有哪裡有？到底還有哪裡有？又找到了，又一根。

Sarah：聽見沒有，那只是一根甘蔗！

神農：嗝，你又打嗝。

Sarah：幹你娘是你在打嗝！

神農：我每天辛苦出去工作，你卻吃屎吃到打嗝！

（頓。）

Sarah：親愛的，你說你去哪？

神農：工作。

Sarah：親愛的，你沒有工作，你已經沒有工作十年了。

神農：嗝。

（頓。）

Sarah：你做什麼工作？
神農：幫人看病。
Sarah：你的病人是誰？
神農：史……史什麼的？
Sarah：噢天啊，他是你的心理醫生。
神農：那我就是去見他。
Sarah：他不在了，你已經把他給殺了！
神農：嗝。

（沉默。）

神農：為什麼我要殺他？
Sarah：他背叛了你。
神農：什麼意思？
Sarah：他跟我，我們背叛了你。
神農：嗝。
Sarah：很抱歉發生那一切，但照顧你真的身心俱疲，我不想永遠爛下去。
神農：嗝。
Sarah：我不能忍受你每次去個廁所就在裡面躺上一個小時，你還差

點把我們家給燒了！

神農：你在說謊。

Sarah：你沒有清醒過，你連自己的腳趾頭都給剁了！

（頓，神農有點害怕了。）

Sarah：你要不要看一下？

（神農小心翼翼地脫掉自己的鞋襪，看向了自己的腳掌。）

神農：我的腳趾呢？

（同時，非洲土著走了出來，靜靜地站在熊的旁邊，望著他們，像在看戲。）

（神農看看非洲土著，看看 Sarah。）

神農：你不是說沒人在我們家嗎？

Sarah：對不起，我必須報警。

（Sarah 去拿起手機，準備撥打。）

神農：不要，不要報警，我們把話說清楚！

（神農搶手機，兩人一陣扭打，神農把手機丟到了馬桶裡。）

（Sarah 去馬桶裡撿手機，神農把她的頭塞進了馬桶裡。）

（Sarah 劇烈扭動，馬桶裡面濺出了陣陣水花。。）

（非洲土著和熊靜靜地站在後方，觀看這場謀殺。）

（終於，Sarah 的頭插在馬桶裡，顯然是死了。）

（神農氣力放盡，抬頭，與非洲土著四目相交。）

（非洲土著好奇地前來，按了馬桶的沖水按鈕。）

（馬桶沖水聲，Sarah 的頭還插在馬桶裡，馬桶濺出水花。）

（神農將 Sarah 塞進了馬桶裡，Sarah 整個人消失於馬桶中，非洲土著驚奇觀看。）

（神農氣喘吁吁地撿起地上的甘蔗，坐到沙發上休息。）

（燈光轉換，迷幻了現實感。）

神農：來吧，來坐一下義大利的真皮沙發吧。

（非洲土著去坐在了神農的旁邊。）

（神農把甘蔗遞給土著。）

神農：來，這你的吹箭。

（非洲土著開始啃甘蔗。）

神農：他媽的餓成這樣，連吹箭都吃。給你看一下我的手錶，這隻
　　　　手錶可以買你整個村落了。

寂寞寂寞不好

（非洲土著持續專心地啃甘蔗。）

神農：你很踐嘛，你太強壯了，我知道你會追獅子，追羚羊，但你
追得到飛機嗎？飛機郵輪太空梭，你聽過嗎？相對論、量子
力學？你需要心理治療嗎？藝術治療、敘事治療、完形治療、
存在主義治療？我可以開銀行帳戶，你行嗎？你不用，你先
把寄生蟲給治好吧。

（土著繼續啃甘蔗。）

神農：對了我一直想問，你好黑喔，為什麼不塗防曬油啊？

（頓。）

神農：學一下人家熊的雍容大度高雅大方好嗎？你看看你自己，鬼
鬼祟祟行屍走肉，不登大雅之堂。熊有非常厚的毛髮和脂肪，
你呢？你沒有毛，也沒有脂肪，你知道脂肪是什麼嗎？北極
也有熊，他們很白，跟你不一樣，但因為地球暖化、海洋汙
染和獵殺，他們已經快絕跡了，因為有你這種手拿長矛獵殺
的人！你他媽什麼東西啊，到底是你開發了潛能還是潛能開
發了你！亞馬遜雨林、北極冰川、黑猩猩都快消失了你還他
媽在玩吹箭，但我沒有在跟你講環保的議題，我在跟你講末
日的議題。

（頓。）

神農：你吃過雪糕嗎？全球暖化後，雪糕都要融化了。

（非洲土著還是專注啃甘蔗，絲毫不理會神農。）

神農：操他媽的我不怕你，你知道嗎，我不怕你。

（頓。）

神農：欸，我在跟你說話！回答我！

（非洲土著繼續啃甘蔗，不予回答。）

神農：我真的很不想承認但是……但是我羨慕你，我願意用這整個冰櫃和書櫃跟你換你有的，我想跟你一樣健康，可以追獅子追羚羊，我他媽從南非跑到北極都沒問題，欸，你們那邊天黑是不是可以看到銀河啊？

（頓，非洲土著首次看了看神農。）

神農：欸，我發現把你反白的話……你就變成白子了。

（非洲土著笑了。）

神農：噢天啊你竟然笑了！土著也懂美式幽默？

（頓，神農看向舞台的它方。）

神農：好大的草原啊，你看那邊有隕石飛過去了，還有那個，那個
　　　是暴龍嗎？那個是迅猛龍嗎？跑好快！

（燈光轉換，舞台的它方，Sarah 和肯恩上場。）
（此時肯恩已經是個心理醫生，是極度專業與現代文明的裝扮，
Sarah 則穿得有種廉價的豔麗。）

神農：他們跟我說，我殺了我的精神科醫生。在我為我的瘋狂自豪
　　　的時候，我愛的人卻羨慕著他的身分和地位，瘋狂是一種魅
　　　力是嗎？但你可以耽戀瘋狂多久呢當你也是會累的。我曾經
　　　把我的精神科醫生當神，但神怎麼會背叛你呢？

（燈光轉換，舞台的他方，Sarah 在向心理醫生肯恩告解。）

肯恩：怎麼會這麼晚過來？
Sarah：他又發作了。
肯恩：沒關係，你先坐下吧，喝口水，深呼吸。
Sarah：好，謝謝。
肯恩：他吃藥了嗎？

Sarah：有。

肯恩：定時定量？

Sarah：已經搞不清楚了。

肯恩：你應該先忘了他，把自己照顧好。

Sarah：我撐不下去了，我想殺了他，我再不殺了他就會先被他逼死。

肯恩：你先冷靜，暴力不能解決問題。

Sarah：愛有需要累成這樣嗎？

肯恩：或許你應該去一些互助治療團體。

Sarah：那是什麼？

肯恩：有很多種啊，肥胖的、酗酒的、割掉胰臟的、女性荷爾蒙過剩的男人的、性愛成癮的。

（頓。）

Sarah：我不知道，我沒有這些錢的⋯⋯

肯恩：我這邊有一些賺錢的機會，你會踩人嗎？

Sarah：什麼？

肯恩：我這邊有些案子，有些喜歡被踩的男人，你只要把腳踩在他們的身上用力下壓旋轉，踩一次一萬。

Sarah：對不起，那是工作嗎？

肯恩：娛樂，高級娛樂。

Sarah：我們是不同世界的人。

肯恩：看看我的世界吧，他又不愛你。

Sarah：他愛我。

肯恩：他有清醒地看過你嗎？沒有柔焦、沒有馬賽克、沒有變形、
　　　沒有傾斜，就我所知，他沒有真正的看過你，他要怎麼愛你？
　　　他把自己搞到你需要去踩別的男人來賺錢！

（頓。）

肯恩：但我有，認真清楚地看著你，正常的，完整的，清楚的，悲
　　　傷的，性感的。

（頓。）

肯恩：淫蕩的。
Sarah：我不會跟你做愛的。
肯恩：我沒有在約你做愛，我在約你打炮。

（頓。）

肯恩：還有做朋友。
Sarah：你他媽的混蛋，他把你當成他的人生導師他的神。
肯恩：沒有苦難，人不會重新思考人生，他也不會真正認識自己，
　　　現在可能會是他一生中經歷最美好的事情。
Sarah：操你媽！
肯恩：不要操我媽，操我。
Sarah：去你媽的垃圾！

肯恩：踩我。

（Sarah 拿起桌上的東西去砸肯恩，被肯恩制伏住了。）

肯恩：誠實面對自己吧！為什麼你會半夜打給我？為什麼你會半夜
　　　　來這裡？為什麼你所謂的無助絕望地來找我，卻已經化好了
　　　　妝噴好了香水？

Sarah：我要走了。

肯恩：需要幫你找鎖匠嗎？

Sarah：又在講什麼！

肯恩：門鎖住了。

（燈光轉換中，肯恩逼近 Sarah。）

（另一頭，神農和非洲土著望著這一幕，土著依然在啃甘蔗。）

神農：藥物成癮、肉體潰爛、插滿針頭活在虛擬的世界，我好希望
　　　　我是他啊，但我也好希望我是你喔……

（頓。）

神農：欸，你到底有沒有在聽啊！

（神農回頭，發現非洲土著的甘蔗已經吃完了。）

神農：你拿根甘蔗幹嘛？你的吹箭呢？要幫你找吃的嗎？

（非洲土著彎下腰去解開神農的褲子去吃他的老二。）

神農：啊啊啊那不是甘蔗啊……輕一點輕一點……喔喔喔嗯嗯啊好
了、好了、好了好了！

（神農去打非洲土著，制止了他的行徑，神農把自己的褲子穿好。）

神農：他媽的餓死鬼啊，我再拿根甘蔗給你。

（神農去吧台區拿出了一根吹箭和一把菜刀，並把吹箭遞給了非洲
土著。）

神農：來，你的甘蔗。

非洲土著：（接過吹箭，異常興奮）虎嘎嚇嘎虎尬蝦尬。

神農：吃飽了嗎？吃飽就出草吧！

（舞台的它方燈亮，肯恩和 Sarah 劇烈做愛，可以是意象式的，呻吟
與喘息，伴隨著神農唱出的戰歌＜花房姑娘＞。）

神農：*我獨自走過你身旁　並沒有話要對你講*
　　我不敢抬頭看著你的　哦哦！臉龐

你問我要去向何方　我指著大海的方向
你的驚奇像是給我　哦哦！讚揚

（肯恩和 Sarah 激烈做愛已快達高潮，非洲土著忽然用吹箭吹出了一根箭，射中了肯恩的背上，肯恩痛苦大喊，伴隨著 Sarah 的高潮，與神農的戰歌。）
（神農一邊唱著戰歌，一邊手拿菜刀，走向他們做愛的地方。）

神農：*你帶我走進你的花房　我無法逃脫花的迷香*
　　　我不知不覺忘記了　哦哦！方向
　　　你說我世上最堅強　我說你世上最善良
　　　我不知不覺已和花兒　哦哦！一樣

（神農將菜刀砍向肯恩，一段華麗的屠殺，手起刀落，血濺四方。）

神農：*你說我世上最堅強　我說你世上最善良*
　　　你說我世上最堅強　我說你世上最善良

（唱畢，肯恩背上插了把菜刀，死了。）
（神農和 Sarah 面面相覷。）

神農：我是完蛋了，我的人生就毀在這了，對吧。
Sarah：不是的。
神農：不用安慰我，你可以說實話。

寂寞寂寞不好

Sarah：你的人生不是毀在這的，你的人生更早就完蛋了。

（頓。）

Sarah：但我很愛你剛剛的樣子，好 man，充滿活力。

神農：是嗎？

Sarah：非常。

神農：但我會被送回去，對吧？

Sarah：親愛的……

神農：怎樣。

Sarah：對。

（頓。）

神農：對不起，但我真的很愛你，那些在邊界的時光，很美，那是
只有我們心裡知道的，但大概就這樣，大概就這樣了……

（頓。）

Sarah：不然我們把他丟了吧。

神農：棄屍嗎？

Sarah：試試看囉。

神農：好啊，聽說滿舒壓的，這樣可以不被發現嗎？

Sarah：還是會被發現，但我們可以旅行。

神農：好，那就找個能看海看星空的地方，有想去哪嗎？

Sarah：不然回去那裡看看？

神農：哪裡？

Sarah：老地方，我們初次見面的地方呀！

（頓。）

神農：粉紅房間，448。

Sarah：對，那個搞不清楚是醒來還是睡著的地方。

（燈暗。）

（三個人的棄屍之旅，或許在火車，或許在飛機，他們經過了每個時代和空間，一路上，冰山崩解了、火山爆發了、城市倒塌了、屠殺進行中、收容所的動物哀號、菸草被點燃了、核子彈爆炸、、、）
（肯恩的屍體上插著菜刀靜止不動，神農與 Sarah 在屍體旁做愛。）

（吟唱歌手唱著約翰藍儂的＜Imagine＞，非洲土著也加入了樂隊。）

Imagine there's no heaven, it's easy if you try
No hell below us, above us only sky
Imagine all the people living for today...

Imagine there's no countries, it isn't hard to do
Nothing to kill or die for, and no religion too
Imagine all the people living life in peace...

You may say I'm a dreamer, but I'm not the only one
I hope someday you'll join us and the world will live as one

Imagine no possessions, I wonder if you can
No need for greed or hunger - a brotherhood of man
Imagine all the people sharing all the world...

You may say I'm a dreamer, but I'm not the only one
I hope someday you'll join us and the world will live as one

寂寞寂寞不好

（粉紅小房間，廉價的粉紅塗鴉的景片，看來是個鐵皮屋，有一扇窗子被木板擋住了，上頭寫著號碼「448」。）

（神農與 Sarah 在場，地上躺著插著菜刀的肯恩屍體。）

Sarah：跟記憶裡的一樣嗎？

神農：都一樣，但變好舊喔，記憶裡這裡很新的。

Sarah：記得我們見面時說的話嗎？

神農：記得，你教了我好多事情。

Sarah：這裡有電視，遙控器一個小時才能轉一次，不能用手機，找人要打公共電話，喝朋友帶的飲料要先給他們檢查，吃藥後要把舌頭伸出來上下左右擺一擺，每天下午三點會送點心，這裡最好吃的是花生醬吐司。

神農：有，我想起來了那個味道。

Sarah：你那時每天都會跟我說我很漂亮。

神農：後來都沒說了嗎？

Sarah：某一天開始就不再說了。

神農：抱歉。

Sarah：沒差啦。進來這裡呢，要忘了外面的一切，久了你會失去現
實感，覺得外面的世界都是一場夢，這裡才是真的。直到很
久之後你出去了，看外面什麼東西都覺得假假的，要再過了
兩周後你才能調適回去，理解外面的世界才是真的，這裡發
生的一切是一場夢。

神農：所以我們跟外面隔絕了？

Sarah：嘿嘿嘿，有個只有我們知道的小秘密，給你看！

（Sarah 去把牆上一個木板移開，後頭是一扇小窗戶。）

神農：為什麼要用木板把窗戶擋住啊？

Sarah：我故意的啊，這樣大家才不會都擠在窗戶前，這可是熱門景點，
但我們每天都會約個時間一起來看窗戶。

（神農和 Sarah 緊貼彼此在小小的窗戶前，往外看去。）

神農：火山在冒泡耶。

Sarah：對啊，還有你看這個海，好藍。

神農：欸，那是我的非洲朋友耶，他在跑耶，那個追他的是什麼？

Sarah：喔，那是迅猛龍。

神農：為什麼連迅猛龍都有？

Sarah：宇宙老鄉嘛。

神農：好漂亮喔，要是熊也在就好了，你看有流星！

Sarah：那是隕石。

神農：都著火了。

Sarah：它正朝我們撞過來。

（頓。）

Sarah：直徑十二公里的小行星，秒速十八公里以東北角六十度撞到海邊，威力是廣島原子彈的一百億倍，撞擊後的塵埃會遮蔽陽光，造成寒冬，也讓食物鏈失衡。

（頓。）

神農：我好像記得讀過這個。

Sarah：白堊紀的第三紀滅絕事件。其實地球都感覺得到隕石要來了，所以大家都很躁動，火山冒煙了，海浪更高了，雲動得很快，小恐龍都醒了，其實大家都心裡有數。

神農：那我們呢？

Sarah：沒有我們了。

神農：不要，我要時間停在這裡。

Sarah：親愛的，愛改變不了什麼。

神農：一定可以，和我一起做些什麼。

Sarah：親愛的，根本沒有我們。

（頓。）

神農：什麼意思？

Sarah：當年在那個小房間裡面，你不是彎腰撿了那個打火機嗎？

神農：對，然後熊就醒了。

（頓。）

Sarah：在你撿那個打火機之後，你的世界就停止了，一切發生的都不再是真的。

神農：什麼意思？

Sarah：你撿了打火機開始點燃後的一切就只是你的幻夢了，在夢裡面你真的很迷人很有魅力，但那終究是你的夢，我要走了。

（頓。）

Sarah：但你不要太難過，這裡的世界也很好，雖然時間比較慢，東西的形狀會一直變，但沒有邏輯的好處是死都能復生。

神農：我不相信，你證明給我看。

Sarah：好啊，起來。

（頓，肯恩的屍體慢慢爬了起來，身上還插著那把菜刀。）
（神農愣住了。）

肯恩：你不能總是用菜刀來解決問題。

神農：所以這是夢？

肯恩：這也不是夢，這算是⋯⋯其實我也不知道這算什麼，邊界？

神農：講清楚！

Sarah：好啦，那我們用他聽得懂的話跟他講。

肯恩：好吧。

Sarah：嗝。

（頓。）

肯恩：嗝。

Sarah：嗝嗝。

肯恩：嗝嗝嗝嗝。

Sarah：嗝嗝嗝。

肯恩：嗝嗝嗝。

Sarah：嗝嗝。

肯恩：嗝嗝嗝嗝嗝嗝。

Sarah：嗝嗝。

肯恩：嗝嗝。

Sarah：嗝。

（頓。）

Sarah：這樣懂了嗎？

神農：天啊，竟然是你們⋯⋯

肯恩：認出我是誰了？

Sarah：他懂了，他真的懂了。

神農：原來是你啊，我的兄弟……史蒂諾斯！

肯恩：賓果！

Sarah：那我呢那我呢？

神農：你是……？

Sarah：我是類固醇啊！

（頓，神農開始緩緩地流淚。）

肯恩：我是千憂解。

Sarah：我是抑鬱錠。

肯恩：我是 LSD。

Sarah：我是 FM2。

肯恩：我是多巴胺。

Sarah：我是血清素。

肯恩：我是冬蟲夏草。

Sarah：我是決明子。

肯恩：我是安非他命。

Sarah：我是海洛因。

肯恩：我是憂適停，神豬吃了都會瘦！

Sarah：我是偉哥，你的性福救星！

（寂靜。）

寂寞寂寞不好

Sarah：大家都離開你了，只有我們在陪你。

肯恩：被你磨成粉。

Sarah：被你燒成煙。

神農：謝謝，謝謝。

肯恩：希望你不要太恨你的病。

神農：不會啦，我從來不恨我的病，是我的病恨我。

Sarah：我很喜歡經過你的鼻腔，你的鼻腔很漂亮。

神農：真的嗎？

Sarah：真的。

肯恩：但你的屁眼真他媽臭。

神農：謝謝，謝謝你們一路相伴。

（神農去與 Sarah 和肯恩擁抱。）

Sarah：親愛的，你快沒時間了，享受一下末日吧，很漂亮的。

肯恩：你最好的朋友也來了。

（Sarah 和肯恩不知道從哪拿出了兩個槌子，敲打那片廉價的粉紅的鐵皮景片。）

（粉紅的牆倒塌了、粉粹了，後面是一片海、混沌的天空、火山、撞擊來的隕石。）

（海邊，坐著熊，靜靜看著海。）

神農：熊！

肯恩：去吧。

（肯恩拔出了身上的菜刀，將菜刀遞給了神農。）

（肯恩和 Sarah 離去。）

（神農拿著菜刀慢慢地走向海邊走向熊，菜刀放一旁，坐在熊旁邊一起看海。）

神農：嗨，熊。

（頓。）

神農：嗨，熊。

（寧靜，熊一動也不動。）

神農：我很高興你在，真的。他們剛剛跟我說，我撿完打火機之後的一切都不是真的了，但這是真的嗎？一場夢怎麼可能這麼久？還記得這把菜刀嗎？當年我撿打火機的時候，我心中充滿憤怒和痛苦，你伸出了你的手，遞給我了這把菜刀，我到現在都留著喔。你拍拍我的肩膀，露出一抹微笑，你毛茸茸的手抱了抱我，烏溜溜的大眼睛眨了眨，我知道你在跟我說，「大開殺戒吧孩子！沒有人能禁錮你的靈魂，只有你能夠消滅自己的痛苦！所以殺吧，殺出一條血路！」隔天，房子就被警方封鎖了，我被帶走了，再見都來不及說，這是我們的

秘密，我藏了一輩子，沒有跟任何人說過。這是我們的，我們的秘密。

（頓。）

神農：欸，如果我再撿一次打火機的話，你可以再抱抱我嗎？

（神農起身從口袋拿出一個打火機，丟到地上，彎腰去撿打火機。）

（熊沒有動。）

（神農又把打火機丟在地上，彎腰去撿打火機。）

（熊沒有動。）

（神農又把打火機丟地上，彎腰去撿打火機。）

（熊沒有動。）

（神農又把打火機丟地上，彎腰去撿打火機⋯⋯）

（熊緩緩地挪動了，他撿起了地上的菜刀，站了起來，伸了個懶腰，舒展了身子。）

（神農起身，感動雀躍地看著熊。）

（熊張開雙手，要給神農一個擁抱。）

（神農去擁抱熊，熊把菜刀捅進了神農的身子裡。）

（擁抱中，熊又捅了神農好幾刀，神農只是緊緊抱著熊。）

（血緩緩地流下，染紅了沙灘。）

（神農倒在地上。）

（熊坐在海邊，把神農扶起來，讓他靠在自己的身上，兩人看海的背影。）

（吟唱樂隊唱起了＜ The end of the world ＞。）

Why does the sun go on shining
Why does the sea rush to shore
Don't they know it's the end of the world
Cause you don't love me any more

Why do the birds go on singing?
Why do the stars glow above?
Don't they know it's the end of the world
It ended when I lost your love

I wake up in the morning and I wonder
Why everything's the same as it was
I can't understand, no, I can't understand
How life goes on the way it does

（神農與熊，肩靠著肩，等待末日倒數。）

Why does my heart go on beating
Why do these eyes of mine cry
Don't they know it's the end of the world
It ended when you said goodbye

（萬物奔走的聲音、巨大的海浪聲、恐龍嚎叫聲、、、）

（隕石強光逼近，砰！）

（戒毒專線：0800-770-885）

（全劇終。）

後記 〈我感謝感謝就好〉

　　我並不是一個自戀到沒事會把舊作拿來翻閱賞玩的人，這次因於出版需要，重溫了無數次，既用理性也用感性的方式閱讀，爲了校訂被迫疏離，又常不知不覺莫名投入。有些遺憾，寫得還不夠好，也有些欣慰，畢竟再怎麼樣也總是寫了。稚嫩的痕跡也是曾經，格局與眼界不夠的，也是我當時的極限了。即便今天我修到完美了，幾年後回來看仍然是不完美的。那就厚臉皮地將這些留下，然後謙虛地往前走吧！

　　在此我要感謝一些人，如果沒有他們，遑論沒有我的劇本集，可能連我都不是現在的我了。

　　感謝人生當中的三位恩師，師大附中的陳昭錦老師、台大戲劇的紀蔚然老師、北藝大電影的易智言老師，他們分別在我人生中扮演不同的助力，有接納和鼓勵的、有提攜讚美的、有嚴厲挑戰的，謝謝他們讓我相信了我自己，再發現人外有人天外有天，必須謙卑前行，我踏上的是條很長的路。

　　感謝在我初出茅廬時提拔我的創作社與慧娜姐，感謝這四個劇本的導演（依序爲楊景翔、陳大任、傅裕惠、BABOO）與製作設計團隊讓這幾齣戲搬演時都獲得不錯的評價。演出都比劇本好，謝謝

你們灌注在文本上的才華與能量。

感謝我的經紀人寶旭姐，協助我處理許多事務、陪我討論人生規劃和充當心理輔導師吸納我的躁動。感謝允晨出版社願意出版如此小眾的文類，真心希望這些劇本能打破與普羅大眾的隔閡，讓更多人發現劇本也能讀來無比暢快。

感謝人生一路陪伴的摯友李宜臻、蔡恩加、台大戲劇以許孟霖陳和榆為首的一幫麻吉們，你們儘管對號入座，就是你們。朋友一生一起走，未來老了變了各奔東西了，路上遇到，拿出這本劇本集就是我們相認的暗號。

最後，也是最重要的，感謝我的家人，爸爸、媽媽、哥哥，一路信任與支持。

分享一段〈創世紀〉一章 3 節的經文：「神說，要有光，就有了光。」說立就立，沒有廢話。這段經文充滿創作的隱喻。一來是那從無到有的過程；二來，我也期許我的作品像光，光能驅走黑暗，光能帶來熱與溫暖，光能讓我們看見前方的路，光能射進你的瞳孔，讓你與世界產生連結。

但我現在要闔上書本，關燈睡覺了。

但願我們都已完美落地，晚安。

生活美學03

寂寞
寂寞不好

作者：馮勃棣
發行人：廖志峰
執行編輯：簡慧明
美術編輯：劉寶榮
法律顧問：邱賢德律師

出版：允晨文化實業股份有限公司
地址：台北市南京東路三段21號6樓
網址：http://www.asianculture.com.tw
e - mail：ycwh1982@gmail.com
服務電話：(02)2507-2606
傳真專線：(02)2507-4260
劃撥帳號：0554566-1

印刷：欣佑彩色製版印刷股份有限公司
裝訂：聿成裝訂股份有限公司
初版日期：2020年2月

國家文化藝術基金會
National Culture and Arts Foundation
NCAF
本書獲國藝會戲劇（曲）類出版補助

定價：新台幣300元
ISBN：978-986-98686-0-0

國家圖書館出版品預行編目資料

寂寞寂寞不好 / 馮勃棣著. -- 初版. -- 臺北市：允晨文化, 2020.02
　　面；　公分. -- (生活美學；3)
　　ISBN 978-986-98686-0-0(平裝)

863.54　　　　　　108023045